UP TO
YOU

听你的

张皓宸 ——

著

天津出版传媒集团

天津人民出版社

Dear U

展信佳
许久不见 甚是想念

听你的 INSTRUCTIONS

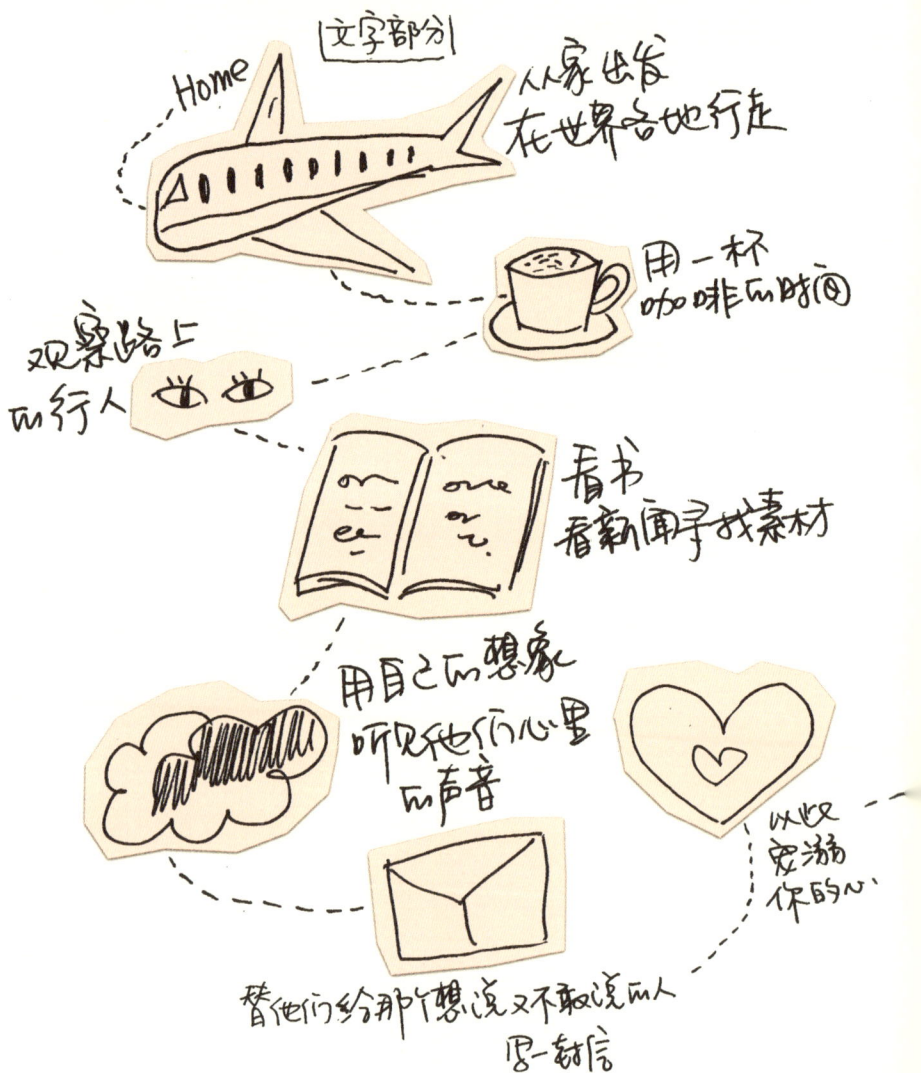

文字部分

Home

从家出发
在世界各地行走

用一杯
咖啡的时间

观察路上
的行人

看书
看新闻寻找素材

用自己的想象
听见他们心里
的声音

以收
宽满
你的心

替他们给那个想说又不敢说的人
写一封信

当然 还有很多创意的部分

ERASER

SCISSORS

INK

BAII-PEN PEN PENCIL

MEMO

PAPER

STICKY NOTES

TAPE

CELLPHONE

现场制作卡片
与风景结合

用手机
拍摄
完成

路遇晴天风雪

带上四季的衣服

回归手写的温度

April

15th

现在是午夜12点，你应该睡了吧。印象中的你一直都循规蹈矩的，青春期时不爱说话，身上没有任何叛逆留下的痕迹。要不是书架上那一整排漫画书证明你年轻过，你还真的像个未老先衰的无聊大人。一日三餐，早睡早起，只有备战高考那年，每天喝着咖啡、红牛撑过凌晨，才得以感受熬夜的滋味。

你的大学也在家乡，那是你第一次住校。不会自己洗衣服，头一周在逼仄的寝室木板床上辗转难眠；你被室友嘲笑，说一看就是涉世未深的少爷。我懂你，你的世界不大，住进来的人都是你在意的人，所以不需要世故，不刻意经营。

那个时候，你每周都回家，辗转坐两个小时的公交车，你喜欢坐最后一排靠窗的位子，塞着耳机听歌。你是一个念家的小孩，否则也不会在大学毕业前，还是决定留在父母身边。

你父母具体是做什么的我不太清楚，大约是国企单位，家里的亲戚都在同一个厂房里，工资待遇不会太高，但有保障。你身边的朋友，毕业后大部分都回了厂里，你也是。听你父亲说，小地方有小地方的好，人干净，活着不累。

你一开始挺不习惯的，狭窄的工位放不下多少东西，同事之间除了中午排队吃饭的时候会聊天，其余一整天都是死寂。你趴在桌上小憩，心想着身下这张木头桌子就要陪伴自己接下来的半生，难免沮丧。小时候看过的漫画书里，每一章都是未知冒险，而在这里，似乎只能看到复制粘贴的日常。

好在你认识了一个戴眼镜的兄弟，他在隔壁组，出了名地爱闹腾，你俩一动一静，很快成了看似最不可能的朋友。厂房后有个废弃的游乐场，晚上太阴森没人敢去，你俩就当作秘密基地，靠着断了半截的雕塑吃烧烤。眼镜说，跟大起大落比，他比较习惯平庸。后来这一年，你的工作有了明显起色，被某个中层领导看在眼里，委你以重任，让你去重庆出了三个月的差。回来的时候刚好碰上厂里职位变动，你做好了升职的准备，但大会上通报的人，却是戴眼镜的那个家伙。听说这三个月里，他整天跟中层领导混在一起，"见人下菜"是他的本事，远近亲疏靠嘴皮子就能全部掌控在手里。那晚你喝醉了，回家没忍住，抱着父亲哭。你不明白啊，小地方的人干净吗。父亲肯定道，干干净净，心眼子长脸上，一两件小事全能给测试出来。

或许悲剧结尾最大的意义，就是在投入更多感情之前，及时止损。

眼镜当上了主任后，你们来往就少了。往后这几年，你踏踏实实接受自己的平庸，靠你笔杆子那点功力，给厂长写发言稿，最后调去了总部办公室搞文案工作，认识了那里的女孩子，谈了两年就结婚了。

我们同岁，现在的我还在为事业成功与否计较，就如何提高生活质量不停在脑内奔波，而你可能明年就要抱上小孩了。我的生活你也看在眼里，不知道你觉得我过得好吗。可能在大部分人看来，我是幸运的，我站在了所谓很高的位置，

长大的标志之一
就是你忽然发现
你可以原谅所有
包括你自己
...

已经可以呈现一个俯身看世界的姿态。可是我跟你一样，藏了很多孤独给自己，空气里都弥漫着紧张、压力，少了一部分自由，多了不可逆的生活轨迹，甚至凭空而来的欲望，让我不得不变成自己讨厌的那种人。这些年我记着最清的一句话：于可能中做事，于不可能中作故事。我做了好多不可能的事，所以做不了一个普通的人，只能学会麻痹自己，用轻松的口吻，成为一个说故事的人。

在很多个同样的夜里，我挺羡慕你的，羡慕你可以普通地过平凡的生活。我现在的世界很大，眼镜这样的人也遇不上，因为大多数人把真心话烂在肚子里，算盘永远在你不知道的地方打得很响。你不知道他的笑代表着什么，你也不知道他身后藏刀，是为了保护你，还是在必要时候冲你刺上一刀。

但这只是次要，或许生活安排你遇见的每个人，都是对的人吧，无论他或她带给了你快乐还是疼痛，都成为人生走过这一遭的旅行纪念品。发生的每件事，都是概率里最大的绝对，因为是唯一会发生的事，所以尝试着不去问为什么，而是选择接受。人的大部分痛苦，一半是过度的渲染，一半是自我的强加，如果想比别人走得更远，时刻都要更快一点，那些矫情的负面情绪，只是时间车轮下毫不足道的微尘。

很多事情是没办法让我们知道了答案再做选择的，那年毕业，你决定留下，我决定去北京闯一闯。如果人生能被剧透，我真的不知道，我会选择成为你，还是成为我。我现在过得挺好的，希望plan B的你，也能很好。这一路跋涉，如果遇到不顺，就互朝彼此的世界看上一眼，做个比较，然后拼命念叨：我不会输给你，我不会输给你……但我想让你知道，即便全世界的人都遗弃你，但是我爱你。

祝你永远善良。

from_ 在 北京 的另一个 你

荔景
Lai King

鑽石山
Diamond Hill

長沙灣
Cheung Sha Wan

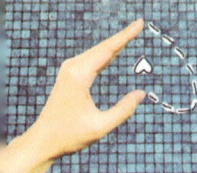
美孚
Mei Foo

彩虹
Choi Hung

油麻地
Yau Ma Tei

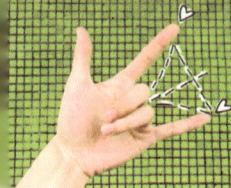
佐敦
Jordan

旺角
Mong Kok

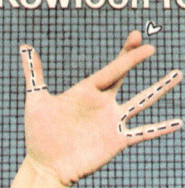
九龍塘
Kowloon Tong

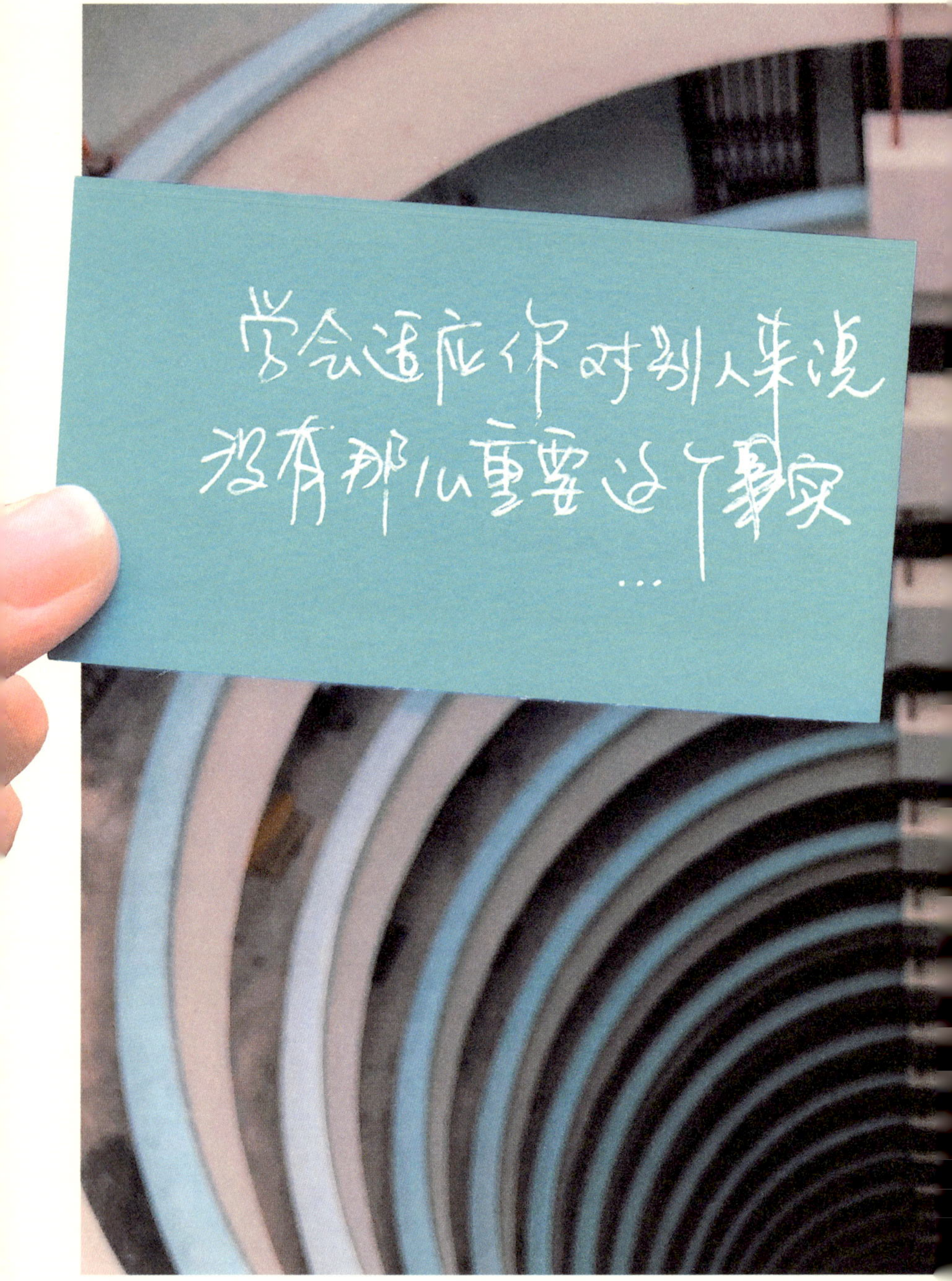
学会适应你对别人来说
没有那么重要这个事实
…

October

13th

article_#002

她是我店里的常客，你们知道的。

我的日料店开在城中心最新的商场里，门脸不显眼，除了个纸糊的灯笼，就只有一扇木门，不认真看，几乎就会略过。我是店里唯一的厨师，只做套餐，四季的菜单按我的心情，以及当日新到的食材决定。

一周七天，她六天都来店里，有时吃我的菜单，有时就只点一份金枪鱼泥饭。实话说，这是我们店里不允许的，但她比较特殊。

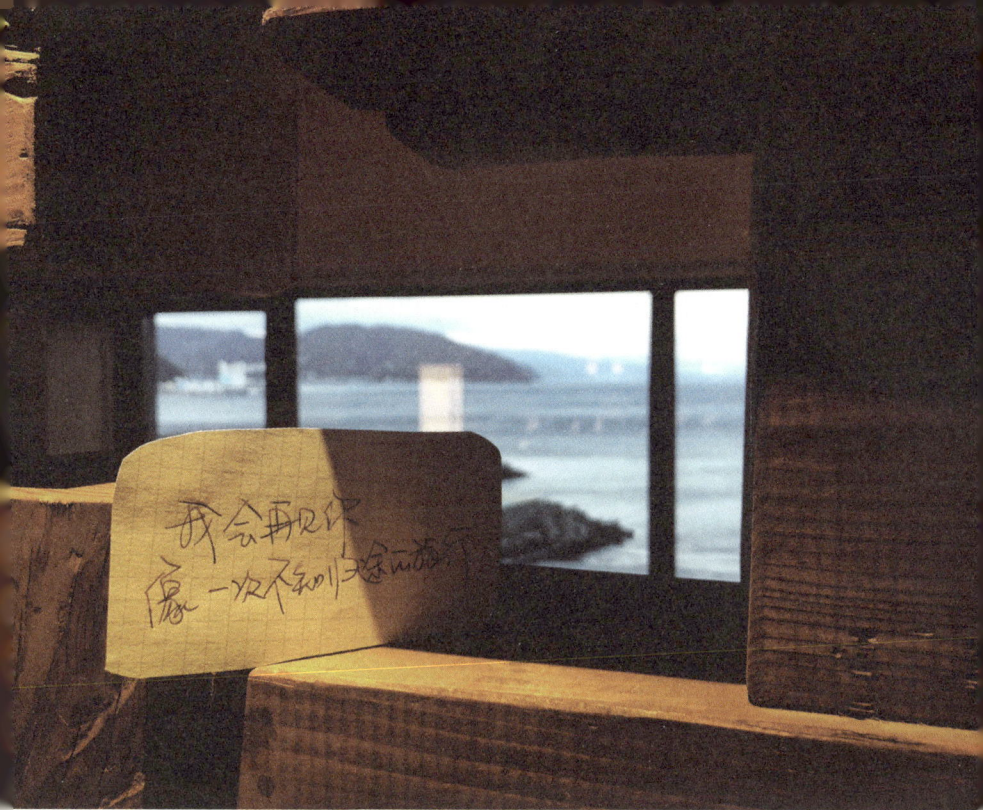

　　她喜欢穿三宅一生，每次来穿的款式都不重样，四十岁的身材保养得当。不施粉黛的时候，眉毛是古式的柳叶眉，皮肤透亮，眼角虽然有斑，但符合这个年纪的韵味。

　　她都是独自来，两次喝完一整瓶清酒，自斟自饮，直到眼神迷离，看我们每个人都笑。她是作家，未来还会成为导演，晚餐后，她常在角落写东西，电脑的白光打在她脸上，偶尔挠挠头，偶尔咬起下唇寻思灵感，特别好看。天气好的时候，她会给我们带礼物，小到台北的凤梨酥，大到耳机音响。她也没一点文人包袱，直言是客户送的，留着占地儿。礼尚往来，我也常多给她送一份鲛鲽鱼肝，毛蟹多两只腿，最后再送上两人份的甜品。喝到微醺，她一手转着发丝，抬眼冲我低语，小声得像在讲一个秘密。她说，好不容易找到一家喜欢的餐厅，如果不能让整个餐厅的人喜欢她，那是她没有魅力。

有件事必须要跟你们坦白，我厨房里有一些来自日本的山葵，短短一根就要几百块钱，用鲨鱼皮磨的时候就有香味出来，跟那些常用的山葵一比，色泽翠绿，颜值上就胜一筹。但只有她来的时候，我才会给她用这种山葵。

她问我，为什么能把金枪鱼泥饭做得那么好吃。其实就仰仗于这玩意儿。每次把烤过的金枪鱼和蟹肉铺在焖饭上，再上一点蟹膏和鱼籽增加口感，最后加上这种山葵，拌匀。大口塞进嘴里，入口是自然清香，然后是一丝辣味，最后带着回甘冲入鼻腔。

她说，这道饭有故事，让人回味。

这道饭我做了快三十年。

我出生在山东即墨市，自小家里就有个渔场。十几岁的时候，我向家里要了笔钱，一毕业就去社会流浪了。那时岩井俊二还没拍出《情书》，小樽的雪我也只在画报上看过。

几经辗转，有幸跟小樽的寿司大神学做寿司。那个年代，当地没什么中国人，我用半年学会日语，一年学会握寿司，靠自己扎下根来。前三个月，师父只让我去屋外揉雪，去冰桶里握冰，手掌冻得锥心，皮肤硬邦邦的。后两个月，他让我跟每一条鱼聊天，给它们做按摩，一整套前戏扛下来，才有握寿司的资格。那时店里只做寿司，我闲不住，就自己研发料理，用荷兰烟熏芝士配河豚鱼，在扇贝上撒喜玛拉雅岩盐，用紫苏梅子汁搭配鳕鱼白子，以及用山葵佐料，拌金枪鱼泥饭。师父是匠人，始终没让我把这些多余的料理端上台面，我只有趁他不在的时候，偷偷挂出隐藏菜单。

而后的几十年，我去东京学过厨，在香港也开过店，最后选择回国，可能还是想家。每天都在烟火气里，以至于习惯了这种一个人的柴米油盐。出走半生，归来成了独身的老头子。我的店名里有个"宝"字，你们都叫我宝哥，或许我最宝贵的，就是把这半辈子的辗转，做成一道道料理，留给有心人品尝。

她问过我一个问题，为什么做寿司的师傅都是男性。我说，因为男人克制，女人容易带私人感情。她呛我，不要跟作家玩比喻。我老实回答，因为女人手心的温度相对于男性要热一些，所以在捏寿司的时候，鱼肉容易变味，并且我们为了保持低温，要一直摸冰……

她打断我，说，你还是玩比喻可爱一点。

我以为写故事的人身上都是经历，她却笑着说，大部分都是偷听来的。只要端着电脑在一家餐厅坐一天，看着周围人来人往，一定会收集很多故事。一个提出分手的女生和另一个还爱她的妈宝男；一个前脚还说着坏话，当事人来了之后立刻变脸的HR；一个刚挂掉夫人电话，回头就给旁边的小女生送项链的中年男人。这个城市的人看似热络，但都太寂寞了，每个阶段都有不同的迷思，他们彻夜失眠、脱发、早衰，习惯了最好的相遇，却从来不敢认真告别。

她说了很多别人的故事，但唯独漏掉了自己的。她不说，我不问，这是我做厨师这么多年与客人保持的最佳默契。

昨晚，她又是最后一个离开的。她反常地喝掉了一整瓶清酒，明显已经上头。她拽着我，非要我再给她做一碗金枪鱼泥饭。后来那碗饭她只吃了两口，情绪有些波澜，她说她明天就要离开上海了。

她是作家，四处为家，天空广阔，世界很大。

临走时，她送给我一条红色的Dior丝巾，我见她站不稳，想要扶她，她朝我摆摆手，说她叫了车，就在楼下。她扶着墙踉跄地推开木门，离开前突然回过头，问我，你知道

我为什么爱吃金枪鱼泥饭吗？你做的饭，跟我小时候在日本吃过的一家很像，那时我失恋，有个小师傅做的这碗饭治愈了我，他……很可爱。这段时间，麻烦你了。

有句台词怎么说的，说人生无悔，那都是赌气的话，人生若无悔，那该多无趣啊。人生若没有遗憾，又怎么有勇气把自己照顾好呢。

等她走后，我小心翼翼地把丝巾系在工作台的柱子上，掌心突然很凉，像刚揉过一团雪，于是转身选了一瓶舍不得喝的酒。

嘿，今天你们有福了，老板开心，全店半价。

from_　一眼万年 的 宝哥

听

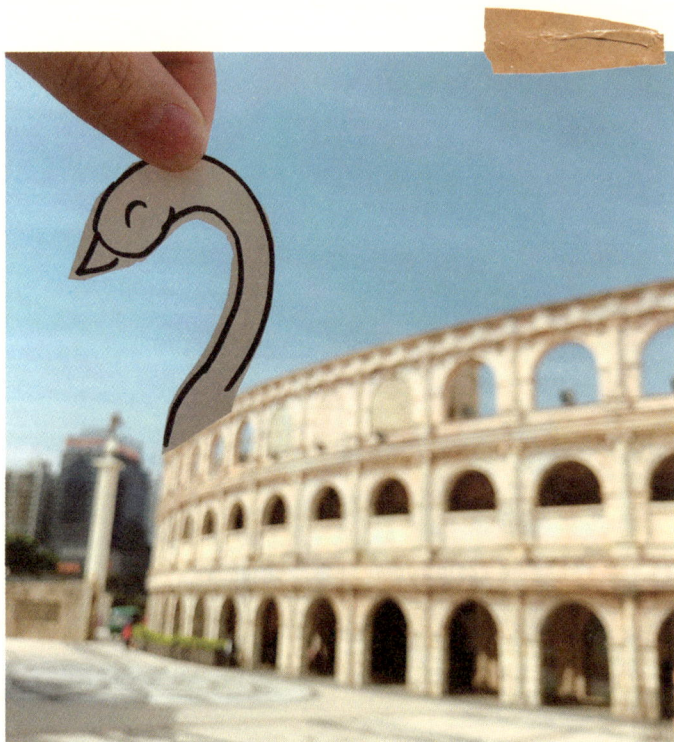

November

22nd

article_#003

　　我是一只名为白鹳的候鸟，能活将近40岁的长寿鸟类。每年春天，我们会选择一个气候宜人的目的地短暂停留，同时，身为候鸟，到了冬天，也会跨越南北半球，向暖迁徙。

　　对这个小镇的第一印象，是有山有水，居民很热情，会给我们准备新鲜的鱼。第一次见你，是恰巧落在你家的屋顶那天。你从不远处开着一辆浅蓝色的老式汽车回来，戴着银质老花镜，头发花白，石灰色的针织外套下是有点发福的肚腩。见你第一面，就觉得你是个可爱的老头子，直到你把玛丽安娜从副驾上抱下来。

　　就凭这一眼，再美好的词语此刻都捉襟见肘。

　　她是一只断了半边翅膀的白鹳，翅尾处有一撮别致的黑梅花羽毛。女生向来假矜持，她起初不让我靠近她的窝，待我唱歌、扮鬼脸一系列挑逗后，才同意让我跟她靠近几厘米。玛丽安娜说，她的名字是你给起的，来自你最喜欢的电影《西西里的美丽传说》中，女主角的名字。你独居多年，屋内墙上唯一挂的照片，是一位裹着头巾的年轻女子。八年前，玛丽安娜的翅膀被猎枪击穿，好在被你带回家照料，虽是保住了性命，但再也无法飞翔，因此到了冬天，她只能仰头看着同类成群飞向南方。她失去了曾经的伙伴，变得孤身一人。你像能读她的心似的，在屋顶和室内的房梁上都搭了窝，夏天就让她安心住在外面，天寒地冻时就把她带回屋里取暖。你用一台DV记录她康复的情况，没事就带她开车兜风，有你的庇护，她心上的伤口也愈合了。

我没想过这一生能找到这样一位红颜知己，抛出的话题她能恰到好处地回应；她没说出口的话，我也能听懂。我也恋爱过，但从没这般确认，她就是我命中注定的那个人。我们很快坠入爱河，也很快被你发现了。起初你也总是赶我，看来玛丽安娜随主人。我好歹也是一表人才，怎么在你们眼里竟像鸠占鹊巢的土匪。在咬坏你三把笤帚，啄断你两架木梯后，你妥协了，索性让我也住了下来。玛丽安娜是个内敛的女人，恋爱了也不表达，见她腿脚不方便，我就去不远的水塘里给她捉鱼来，这样一来二去，你也看出了我们的关系，露出慈父般的微笑。自由恋爱万岁，你扩建了我们的窝，还给我起了个名，叫大 K。

日子一晃而过，我们很快有了自己的孩子，体谅我捕食的压力大，你就做了个小篮子，帮我们添置小鱼，还用 DV 记录下孩子们的成长，做成纪录片，邀请镇上的居民来家里看。关心我们的人越来越多。直到夏秋翩然而过，我们的孩子长大陆续离开家，有了自己的归宿，最终还是剩下我跟玛丽安娜相依为命。

我早明白，人生是经不起计算的，人来人往，这是所有动物都会经历的过程，树有年轮，人有皱纹，在第一次遇见和最后一次告别之间，留下的收获与遗憾，只有自己知道。

正在这种无常里想得稍有眉目时，天气突然转凉，某天你爬上梯子，一脸沮丧地看着我们。我当时没理解你的不安，直到小镇各地的同伴们在天上腾起，我才知道，终究跟你们人类不一样，我们还要面临身体迁徙的本能。

抵抗不了磁场，必须要走。

玛丽安娜在身边的时候，她就是整个世界；她不在身边的时候，整个世界都是她。我在南方倒数着日子，看尽山上最后一片融雪，守着山谷第一朵花，但凡有一点开花的迹象，我就伸展翅膀朝来时的方向飞奔而去。路上听得最多的歌，是"我为你翻山越岭，却无心看风景"，6000 多公里的路程，跨越大陆与半球，我老远就看见屋顶上的玛丽安娜，我故意没直接朝她飞去，而是去旁边的篮子里衔上一条她最爱的小鱼，作为再次重逢的见面礼。

但她见到我，竟然没有一丝惊喜，反而像初次见面一样，扑扇着半边翅膀，把我驱逐出她的领地。她已经忘记我了，不是我们白鹳的记忆力差，而是那次九死一生落下的病根，记忆无法储存，只能维持一年。我疯了似的在空中盘旋，出了一身汗，痛定思痛，我引吭高歌，张开尖嘴扮鬼脸，自己拔掉羽毛逗乐她，如果我们变陌生了，那就重新认识她。

很快她再次爱上我了，你趴在梯子上，来回打量我许久，直到我跟玛丽安娜把头围成心形，你才捂住嘴大叫，大K回来了！

在接下来的很多年里，我重复上演着相同的剧情：每年秋末，跟随最后一批南飞的鸟儿离开这座小镇；次年三月，再跟着第一批鸟儿准时归来。在家的方位，有两个让我牵挂的人，一个是你，一个是我爱的人。

其实这过程从未跟你细说，路上的恶劣天气与凄厉的黑夜已是常态，因为晚走早归，无法合群，常会遇上天敌，后半段路，总带着一身伤。离开玛丽安娜的第二年，我就掉队了，那年我听的歌，是张震岳的"当你在翻山越岭的另一边，我在孤独的路上没有尽头"。曾经有同伴问我，为什么要为这段根本算不上爱情的关系拼命。我真的认真思考过这个问题，后来想想，不管她爱不爱我，我已经爱上她了，她爱与不爱，好像都和我没什么关系，即便她不知道每年有个男人在拼命飞向她，但心会知道。恋爱是一种心灵上的安慰，而不是名义上的关系。

我们的故事很快传遍了小镇之外的世界，每年都会有好心人准备各种小鱼等着我长途跋涉归来，特别像守在学校门口等待小孩高考结束的家长。大多数人类跟你一样，骨子里都是善良的，但总爱用金钱衡量感情，用利益交换关系，忽略了肯给你时间的人，才是最值得珍惜的。

每365天，我们都要经历整整一季的异地恋，加上我往返的时间，几乎要分隔半年之久，但我坚持了16年，即便每年都要跨越两个半球，飞翔13000公里。异地恋和失忆症对我都不算阻碍，我只知道有个很好的女生在等我，她必须爱上我，我不允许别的男人跟她在一起。如果有人跑过我，我就绊倒他。

遇见合适的人不难，难的是遇见动心的人。合适，总有退而求其次的意味，而动心，源于一场天时地利的巧合，那天天气晴朗，耳边有风。我们都太爱自己了，所以爱别人都小心翼翼，这辈子很长，比绕地球一圈都长，我们可以想尽办法绕地球好几圈，可是却不容易遇到心心相印的人。每次想到要对玛丽安娜说"我爱你"，就瞬间有了飞翔的勇气。

按照你们人类的计时法，我已是老年人了，所以在今年这场暴风雪里，没看清对面高耸的雪山，撞到心脏的位子，就怎么也飞不动了。我被安置在半山的洞穴里，含着泪，面向北边。这几天总是做梦，梦里是第一次到你家的情景，见你开着老式车载着玛丽安娜回来，我想一直留在梦里，但我是有骨气的白鹳，而不是把头埋在沙子里的鸵鸟，不能因为当下的欢愉来逃避一定要面对的问题。还记得我前面提到的同伴吗，他跟我年纪相仿，大概有我90%的英俊挺拔，从小跟我一起长大，信得过。有些故事，人没了，但感情必须要在。

因为玛丽安娜在等我。

我会让他先去旁边的篮子里找小鱼，再去给玛丽安娜唱歌、扮鬼脸，我算了算，他可能会提早一周到，如果有邻居怀疑，你就说，不会错的，那个放鱼的地方只有大K知道。

from_　每只白鹳　都是　<u>大K</u>

这个世界上有多少个人
就有多少种人
不要猜设有人
真的对你感同身受。

July

4th

　　前阵子看过一段演讲，说为什么我们总爱怀念青春，青春有什么好，幼稚自负，为赋新词强说愁，能力撑不起野心，精神不自由，还穷。但就是这种过程的未知，才有了幻想的价值，比如会不会多走一段路，就能跟喜欢的人牵手？比如坚持任性再多半个学期，就能交到盟友。

　　张同学，我的青春绕着你，组成了那个暗恋时代的全部故事、傻里傻气、无知、偏执、果敢、偶尔怀念它，也

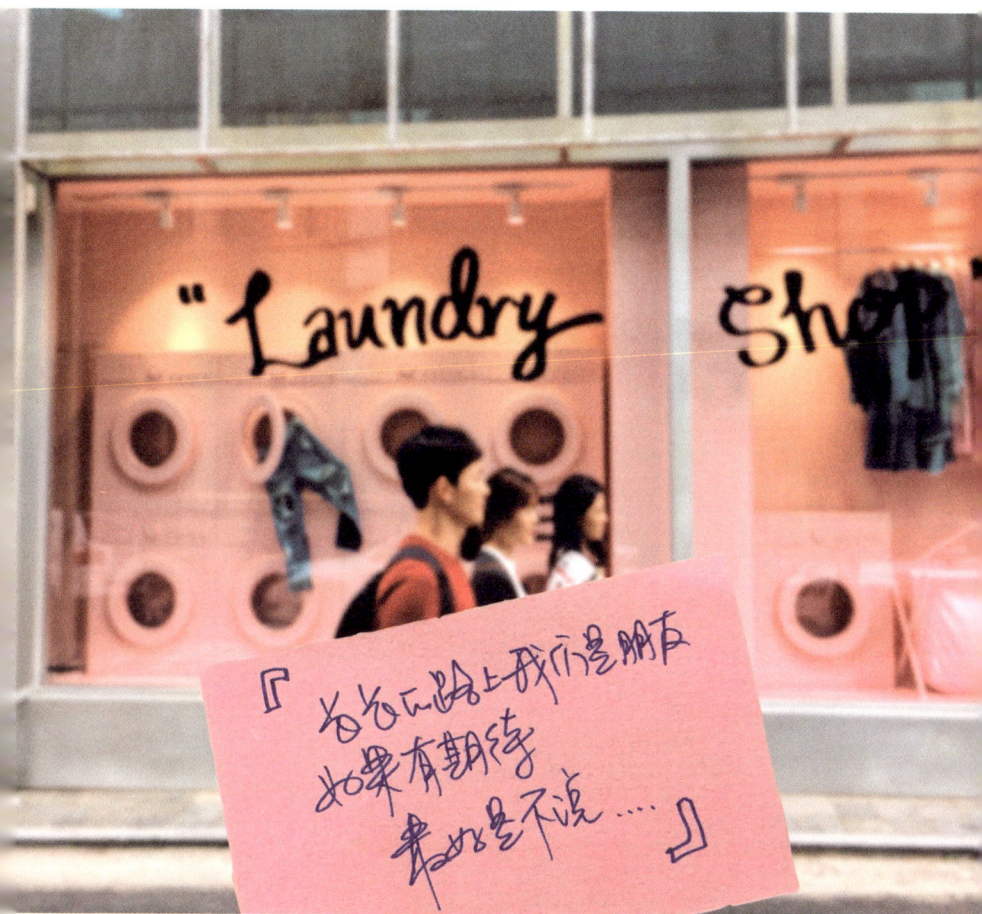

『在台北的路上我们是朋友
如果有期待
最好是不说……』

不错。

你在隔壁班，我们之间被一个厕所隔着，所以那些年多数跟你偶遇的场合，都在卫生间门口，以至于我现在闻到氨气，就想起你。

喜欢你，始于手好看，陷于睫毛长，敬于声音好听，久于平头，忠于手臂肌肉线条。综上，还不是因为你长得好看！起初暗恋你的招数比较低级，大概是偶尔翻翻你的微博朋友圈，只不过这个偶尔说的是睁开眼之后的第一秒，吃早餐的时候，等公交的时候，上数学课的时候，下晚自习的路上和睡前的最后一秒。有句话说，人的脸上有四十三块肌肉，可以组合出一万种表情，我怎能做到不动声色地看向你？因此，每回你出现，我就好喧嚣，龇牙咧嘴地用余光瞟你。

暗恋的中级阶段，我跟你身边的好朋友成了朋友，其实大可不必这么做，但为了不被看出来我只想对你好，我不得已得对所有人都好。从他们那里，我打听到你常用的音乐APP，每天循环你的歌单。晚自习结束潜进你们班给你收拾课桌，然后用铅笔在你的课本上留下卡通画，为你收集银杏树的落叶做成标本，挂着free hug的牌子在人潮涌动的广场，用一个拥抱换一句对你的生日祝福。

暗恋的高级阶段，就是有一天你通过了我的微信验证，给你发的第一条消息，是我来回从八百个表情里，选的一个"呵呵"。自此以后，每晚入睡都很有仪式感，列好了一整张纸的话题，总有一个会骗来一句你的"晚安"，但在这之前，一定要洗好澡，敷完面膜，再钻进被窝，好趁着这句"晚安"还热乎的时候，在梦里遇见你。

都说暗恋心酸，但我觉得偷偷喜欢你久了，反而容易满足，世界都是粉色的。抱着一句回复跟捧个三代单传的孩子似的，发了一条处心积虑的朋友圈，你点了赞，我在心里点了烟花。听你的朋友说，你好像对我还挺好的，我嘴里说着没有啦，手却不听使唤噼里啪啦全打在他们脸上。你看我一眼，不看我很多眼，心如死灰，死灰复燃，如此循环往复。喜欢一个人，本就是值得高兴的事，我只是你的不一定，但只要想到你是我的确定，茫茫人海，在放弃之前，也觉得自己是幸福的。

后来我怎么也想不到，高中文理分科我们变成了同学。那时我只有英语好，你弄不懂过去式和过去完成式，只要问我，我就脸红，以至于到现在都不敢看 have been 和加了 ed 的动词。我们第一次亲密接触是在社会实践回来的路上，我最后一个上大巴，只有你旁边有空位，我好不自然地挨着你，突然你脑袋搭在我肩上睡着了，我僵住不敢动，混着你

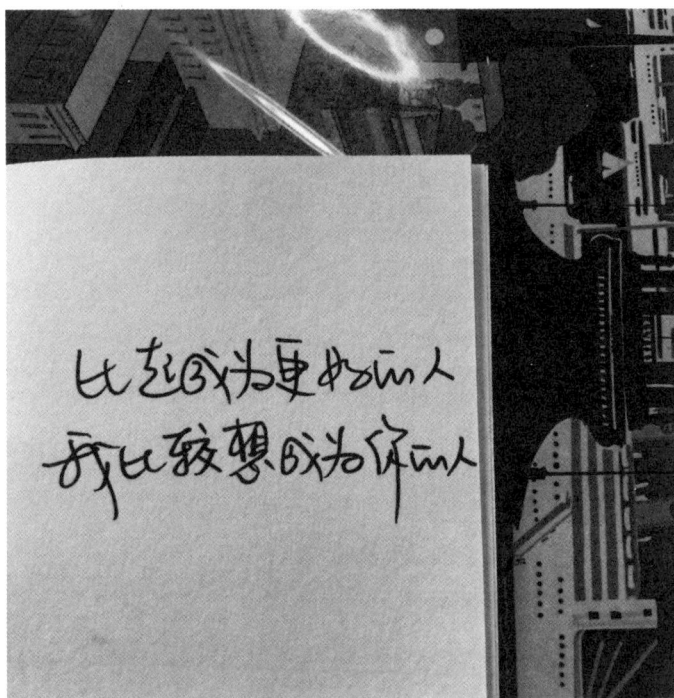

身上好闻的肥皂味和我全身散发的汗臭味，直挺挺坚持了一个小时，末了扶着腰下了车，你问我一句怎么了，我说被你睡的。

我就说自己不适合讲冷笑话。

我们学校有一块农地，每个班会认领一块地种花种菜，作为期末考核的实践分。那次我们把种好的玫瑰拿去市里义卖，我守着一朵亲自照料的玫瑰，叶子被虫蛀了个洞，很打眼，我还给它起了名，叫弓长，就是你的姓氏。义卖结束后我把它送给了你。结果你把它送给另一个长发女生，作为交换，送还我一朵菊花。

那天我一路忍到回家才哭出来，哭累了就给菊花剪了枝，插在花瓶里养，没出三天就凋谢了，我又掉了泪，养出感情来了你懂吗。喜欢你这回事，像经历了一场重要的全科考试，我要揣摩你给我布置的阅读理解，要证明我与你不只是平行线，要恩爱过李雷和韩梅梅，下笔时斟字酌句，生怕丢了一分。但事后总能想到更好的回答，如果当初这样，后来我们会怎样。

今天我穿着校服回到我们的高中，也是因为学生放假，主任才特许我进去拍婚纱照。从我的教室出来，再往前两步，就是那个卫生间，味道还是如初，来到这里，就想起你。前面就是你的教室了，每天第三节下课的铃声响起，你准会从后门出来，宽松的校服搭在肩上，露出里面你最爱的牛仔衣。

铃声适时响起，你从里面走了出来，问摄影师站在这个位子可不可以。看着你，就想起我可爱的暗恋时代。我从不过问，那些年你到底知不知道我喜欢你，因为有些问题不再重要了，记忆很麻烦，很多细节需要重新拼贴剪辑。我只知道，青春如云而过，在成人的天空下，你带我回了家。

from_ 暗恋过 你 的新娘

风筝起飞时希望有风

船要靠岸时希望有人等

我的左手旁边希望有你

都怪你
对我太重要 ♥

December

12th

亲爱的十二，再叫你一声亲爱的，是为了想好好跟你说再见。原谅我一个小时前，对你说了些重话。职业使然，拍过的无数镜头里，有很多流过泪的模特，故事需要，悲伤泛滥，已经看到失去感觉。只是没想到这次，见你哭，竟然也没了触动。爱你的时候，从头到脚我都念念不忘；不爱了，眼泪都是多余的。好聚好散不敢说，只希望你对下一个男人哭的时候，他能懂你的眼泪。

我承认自己不是个好男人，事业和你无法两全，失去了你，所谓的事业，充其量也不过是个广告片摄影师罢了。三十多岁，还爱海贼王，穿帽衫，不爱洗脸，我自觉没长大，所以一直没做好结婚的准备，这怪我，浪费了你的青春。

大学我们念陶艺专业，每天都在拉坯子里度过，不曾想

在单调的生活里也偷得半点爱意。《人鬼情未了》里后背贴前胸，手心触手背的情节是银幕定格的美好，实际情况是我们吵闹着，破坏彼此的作业。最后的一次玩笑里，我们把对方定型的坯子烧了出来，我的不可描述形状在中途崩了，只做出你的杯子，杯壁上留着你的手印，我送给你那天，就跟

你表白了。

　　毕业后的生活从乌托邦落了地，我做摄影，你在会展公司做策划，两人挤在上海的狭小出租屋里，共同度过好几个三餐四季。你是个非常称职的文艺青年，豆瓣清单里是那些晦涩的小众电影，美食地图永远标注着色调清冷的咖啡店，衣服只注重面料，各式各样的帽子堆满了大半个衣柜。你拒外人于千里，私下只给我看真实面。你发明了一套只属于我们的恋人语言，类似于吃到好吃的会说"呀比呀西"，撒娇会说"嬉皮啾"（尽管每次都不一样）。你会根据我的习惯给我起很多外号，我爱吃蒜，你就叫我蒜蒜；头发自来卷，叫我卷毛；不洗脸，叫我脏三儿。倒是我，除了更加亲昵的称呼，只叫你十二，你总腻在我怀里问为什么，我以"秘密"敷衍而过，然后就迎来你十万伏特的恋人絮语。想到这里，我觉得初始设定的我们还是很相似的，看似两个文艺工作者，实则是有点神经质的蠢蛋。

　　同居生活的第二年，我们的小打小闹频率渐次增多，被生活支离破碎的细节啃得满身伤。你说你爱酒店白色的床品，我就给你换了一样的四件套，结果我忽略了被子的尺寸，双人床的被褥套不进去，你抱着手臂坐在床上，用"你怎么永远让人不省心"给我的心意做了完美的了结。可能我真的以为自己是要做海贼王的男人吧，除了拍片，几乎都宅在家里，没什么朋友，不肯成熟。你早起睁眼时我在睡，下班蓬头垢面地回家，我却用一整桌的外卖残余迎接你，我知道对不住你，不想解释，这是我的问题。

在"我爱你"都没说过几次的恋爱里，"分手"却总被提上日程，我们因为"看电影该不该玩手机"而互提分手的当晚，末了大笑着看对方一眼，就决定拼凑卡里的钱，去你心心念念的日本。我们忘记了前一晚的争吵，在东京塔下亲吻，在歌舞伎町对面的娃娃机店里，用一千日元扫荡了六个巨型娃娃，在JR安静的车厢里戴一对耳机听歌，怕自己说话声大，就用手机备忘录聊天，跟小时候上课传纸条一样。你盯着对面烫着一头卷发的男生写道，你的偶像；我回，有人模仿我的卷。然后抱着对方的手臂憋笑。

那时我们应该还是有信念感的吧，认为彼此各退一步，就能让理智占据上风，反复提醒自己，是真的在意眼前这个人，而不是时间拉锯下的不甘心。

我们斥巨资住进京都的虹夕诺雅，离开时坐在岚山的渡船上，管家穿着标准的日式和服在码头不停朝我们挥手。你伸出头，朝对面喊"撒由那拉"。直到我们彻底转过山边，见不到对岸，你眼里噙着泪，说也要做这样得体又热爱工作的女人。

　　结果回来就半个月，你因为不想看新任领导的脸色辞了职。我靠客户给单子，多数时间赋闲在家，仗着有你照顾，更加放肆。互看对方清淡，只有靠争吵提味，不吵的后果就是越来越克制，克制到后来就没了话聊。

　　我不爱刷手机你知道的，你却怪我连哪个明星出轨了都不清楚；你不爱吃猕猴桃我也知道，我却偏偏买了一箱猕猴桃汁回来，非说果汁跟水果不一样。我们在一起八年，你常说我没计划、没记性、没安全感，我说你太偏执、太自私、太现实。很多事我们一直都清楚，我的孩子气，你的小任性，这是我们互相吸引的原因，却成为最后不爱的理由。

　　那天你一个人去了台北，一走就是十天，我疯了似的找你。你知道一个男人最怕的是什么吗，就是习惯了你的好，直到浪掷了你全部的信任，当有一天你说出了结束这样的话，一瞬间就什么都没有了。我给你父母打电话，给你的朋友打电话，我不想让你为难，但我很想找到你。

　　你那天破天荒穿着高跟鞋回来，妆容精致地说看不惯我不洗脸和毛糙的卷发。我把自己洗得好干净，去楼下剪了个荒唐的头发，还去附近的菜场买了鱼，打算做你最爱吃的松鼠鳜鱼。可回来你又嫌我只穿帽衫，松鼠鳜鱼变了味。你跟朋友们说，我们三观不同，不能等我长大了。其实你可以直接见血封喉地承认，你根本不爱我了。

你给我发分手信息的时候，我正在看辩论节目，嘉宾正在为"分手究竟是发短信"还是"当面说"争得不可开交，说实话我都不在意，只是想见见你。我们约在你常去的咖啡店，咖啡师认识我们，但唯独今天没跟我们打招呼。你坐在我对面，连名带姓叫我的时候，我就知道，我们差不多可以结束了。曾经想把全世界给你，又害怕世界不够大，现在我明白了，是我的自卑配不上你的自由。只怪我还是当初那个人，忽略了时间步履不停，你却已经长成了更好的大人。

告诉你那个秘密吧，我叫你十二，是因为"恋人"有十二画，"朋友"十二画，"爱人"十二画，"家人"十二画，所以"十二"代表全部，只是没想到我一直差一笔坚定，又多了一笔刁难。

或许一个人挺好的，两人份的孤单更让人难堪，就像歌词里唱的，"我们都没错，只是不适合"。你知道吗，"撒由那拉"原来是永别的意思，说再见不如忘掉能再见。

愿你岁岁平安，哪怕生生不见。

from_ 失去航线 的海贼王

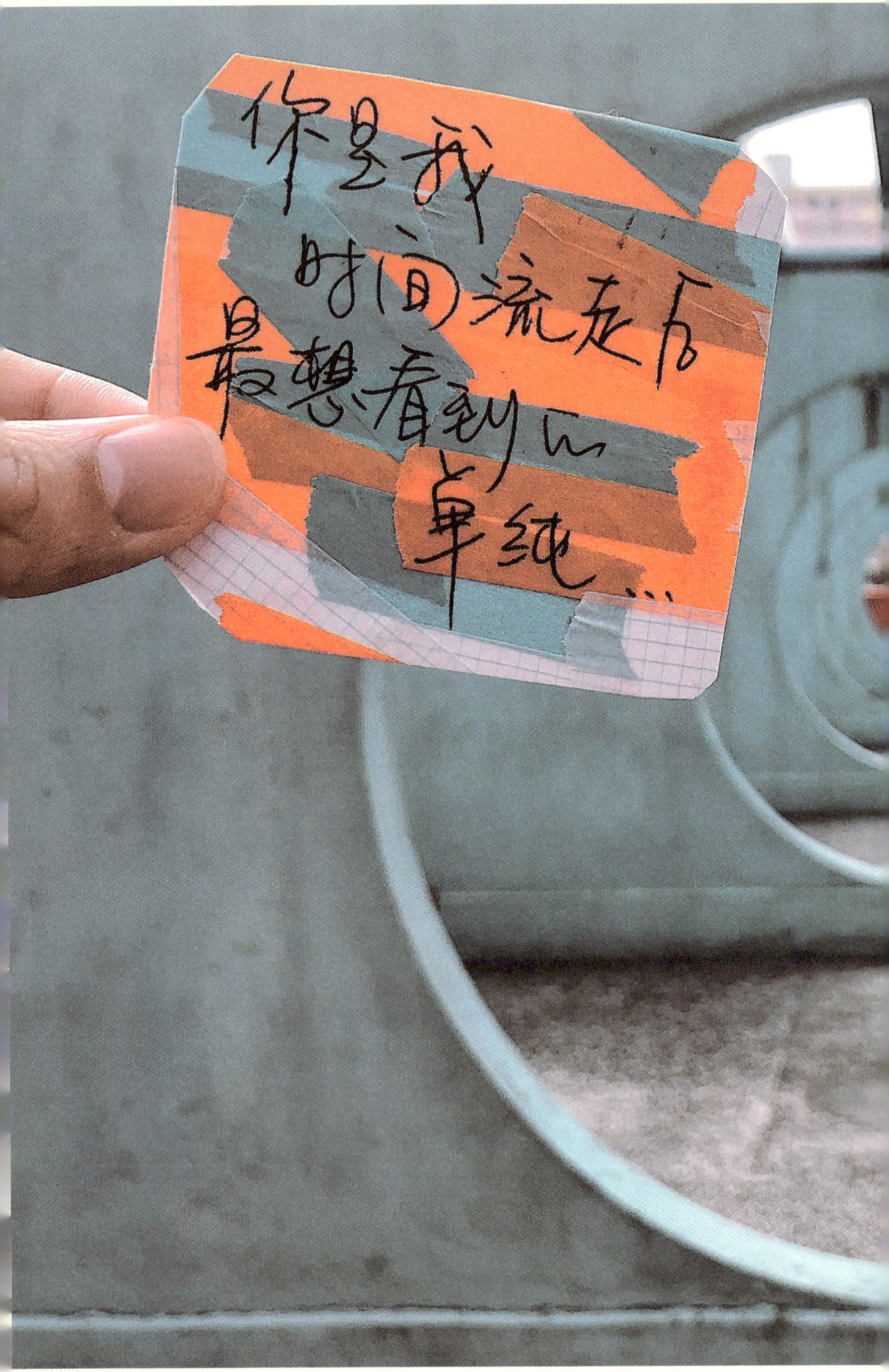
你是我
时间流走后
最想看到的
单纯…

听

January

16th

article_#007

弟，我拿下了人生中第一个马拉松全马，此刻没跟跑团的人庆功，自己在家里，刚喝完两罐啤酒。看到新闻，NASA、谷歌共同宣布发现第二个太阳系，这是人类历史上发现的首个和我们太阳系一样具有八颗行星的星系。

弟，你到那儿了吗？

你走的那段日子，我一直在看天文相关的资料，想象宇宙的开端，创世前的虚无，脑子里连做梦都在探寻十一个维度，空间之外的空间。那些茫茫宇宙的热物质，在数光年间集结，是不是就组成了你和我。只有看见行星外的行星，银河系外的银河系，才能体会到自己渺若尘埃的乏力感，因为微小，也就拥有了妥协的能力。

六年前的绝望岁月，我躺在床上整夜地失眠，想过所有自杀的办法，铁了心就想跟着你去，痛恨自己忽视你的抑郁，没给你足够的关心。那天偷了保安的钥匙，上了高层顶楼，时值盛夏，空气里裹着热浪，我站在水泥杆边上，头上是三尺神明，脚下是惶惶人间。不知何时吹来一阵风，我竟然怕了，坐回栏杆上，哭了一晚，恨自己是个没用的姐姐。

这一颓就是一整年，直到交不起房租，妈又在老家挂念，才试着重新接纳这个世界。你走后，我比较寡言，因为工作的关系，认识了一个夜跑的朋友。生日那天她送我一双气垫鞋，二话没说就带我绕着市民广场慢跑，沿途看尽所有这一年忽略的街道风景和市井生活。心里突然升出一种奇妙的安定，我好几次跑得腹腔抽着疼，想放弃，但只要这种安定一上头，就停不下来，像是在橱窗里看中的衣服，土壤迎接的第一片落叶，茫茫人海确认过的眼神——就是它了。

第二天我就加入了当地的跑团。弟，你能感受到吗？走路太慢，开车的话又被物理空间束缚。只有跑步时，感受到面颊的风，闻着每一条巷弄特殊的气味，才能说服自己与这个世界是有联系的，它没有抛弃我。

这些年，时常想到你，沮丧的时候，就俯身系鞋带。每年我都会去世界各地跑马拉松，印象深刻的是在美国西岸第一次跑半马，当天还有很多"刀锋战士"，他们在伊拉克战争里失去了腿，装着义肢，但跑得比一般人都快。结束后，我们不肯上回城的吉普车，一伙人倒在一号公路中央，天上悬着整片银河。

我永远记得其中有一个叫 Sam 的人说，跑步真的是世界上最无聊的运动，重复、枯燥，偶尔有人陪伴，大部分时间都没有回应，但，像极了人生。

我那天躺着，思绪却冲上了云霄，跑到外面去了。人生本就是循环的奔跑，只是我们偶然加入了一次而已，要找的终极目的，一开始就不存在，人生如果没有开始与结尾，那又谈何意义，只有意思可言。

后来我又换了几个工作，都不称心，于是索性做自己喜欢的，成立了自己的跑团，拉赞助，招募靠谱的队员。在一座城市跑久了，就换新的阵地，每个荒僻的角落都要摸清。熟能生巧，我开始用 GPS 绘画，先设计好图案，然后扫描导入跑步 APP 里，照着自己的路线跑，最后的 GPS 路线成像，就是完整的画面。因为人穿不了墙，城市又多是"钢筋森林"，所以压力集中在前期设计和后期的嘴上功夫，要麻烦正在打麻将的阿姨们开门，要穿过养鸡场的铁栅栏，要跟学校的门卫大爷唠嗑，一路认识了百态的人。

我已经画了超过一百幅了，有柴犬、蜡笔小新、牵着手的母子，还有回忆里的你。

《麦克白》里说，人生不过是一个行走的影子，一个在舞台上指手画脚的拙劣的伶人，登场片刻，就在无声无息中悄然退下；它是一个愚人所讲的故事，充满着喧哗和骚动，却找不到一点意义。

我本以为我的人生在六年前就失去了意义，后来发现我根本不曾拥有过，努力不一定会成功，费尽心思也只是"身在此山中"的兜兜转转。所谓生命，就是对死亡的补偿；人生，就是获得幸福感的过程，时间长一些，幸福的次数可能多一些，短一点，也不是没有幸福过。

我想，你跟我们在一起的那段日子，应该能感受到幸福吧。

接下来令人扼腕的事还会有很多，漫漫人生，既要熬过人性骨血世态炎凉，也要享受柴米油盐风清月朗，跑步于我，就是慰藉吧，就像混沌宇宙，本就是一场掐头去尾的无

可奈何。

　　即便我们团聚的时光寥寥，也知足了。不讲难过的话，
我会好好的，相信你也抵达了更远的地方。

from_　来自地球 的家姐

February

11th

article_#008

　　这位昨天跟我相亲的男青年，不好意思，我习惯早睡，你发的微信没顾得上回。我单身，不代表我随时有空。

　　实话跟你说吧，这次相亲是我妈安排的，过了27岁，她每年都会给我几个选项，逼着我见见面。但她催她的，我过我的，没必要反驳，当吃顿饭好了。前面有两个还不错的男士，一个成了在老家帮我跑腿办证儿的，一个成了我深柜闺蜜。平时周遭都遇不上彼此愿意的，靠相亲能成的概率，跟中彩票差不多，碰见合适的了怎么还轮得到昨天跟你这一局。

　　你除了话多，还算绅士，哪怕只相处了一顿晚饭的时间。没喝酒之前，你特别生冷地讲笑话，小酌几杯后，开始毫无芥蒂地讲过去，大概悲伤已经成了故事，才能这么像说书人一样拿来当谈资吧。只是你太软了，几次话锋一转，就哽咽着落到害怕单身的话题上，为不尴不尬的年纪焦虑。

　　昨天我是倾听者，今天跟你说说我的生活。我是一个已经学会接受单身的人，这个过程特别难。我也有恨嫁的时候，看不了爱情片，读小说里恩爱的段子都觉得心碎，一到情人节，商场里那些粉紫色的装饰就是噩梦，甜品站的第二杯半价是这个世界给的终极恶意。此前还用工作把时间撑着，后来工作也不顺心，人生从此空白，闲了一个月，死了的心都有。第三十二天的时候，我种草了一台烤箱，后来学着做蔓越莓饼干，结果一发不可收拾，爱上烘焙，还拿着饼干去我心心念念很久的一家4A公司面试。HR问我为什么要做饼干，我说闲的，无爱可做，就做生活。我真的去了那家公司，每天除了工作以及给他们带饼干，就是写段子，他们觉得我有天赋。除此之外，一周三次夜跑，两次动感单车课，养了一只叫莱昂纳多的柯基，一条叫红鲤鱼与绿鲤鱼与驴的金鱼，还给窗台上的每盆植物做铭牌。每个月的工资会有固定比例给出租房添置软装，到了周末就爱整理房间，给沙发、公仔除螨，修灯泡、通马桶、疏通下水道。这种匆忙不是一两天就转变的事，而是连带效应，当对一样东西产生兴致，就会对整个世界好奇。我的行事历已然如此拥挤，这还不算某个男神的新电影上映，限时的国外甜品展，姐妹们的"比优越"

聚会，哪还有时间跟一个凑合的人互相斡旋，你到底爱不爱我、我到底爱不爱你、晚安、午安、早安，关心他的吃喝拉撒睡——睡不睡别人，再因为双商三观问题闹得不可开交。你不是一个没长大的人，但凡剖析一下自己，就知道焦虑跟经济和情感没关系，而是庸人自扰，你得到了世界，仍然有新的焦虑，单身觉得孤独，多半是闲的。

　　我最爱的村上春树说："年轻的时候经历这样一些寂寞孤单的时期，在某种意义上也是必要的吧？对于一个人的成长来说，这就和树木要想茁壮成长必须扛过严冬是一样的。如果气候老是那么温暖，一成不变的话，连年轮也不会有吧。"孤独的时候，才是与真实的自己最接近的时候，热闹特别容易，约上三五个朋友，混着眼泪吃喝一场，跟这世界是趋同一致的聒噪。只有自己一个人时，才能听清心里的声音，看到平日忽略的细节；你一个人都活不出趣味，还怎么指望两个人生活。爱一个人不是加法，是乘法，在相遇之前，让自己有个漂亮的数字，你们在一起，结果无上限。当你是零，是负数，遇到任何还不错的人，最后都无法带你走出寂寞，到头来还是一场空。两个人抱着期待看一场爱情电影，最后只能以悲剧结尾，你流着泪问为什么，其实心里早就知道了答案。

这两年，我有过一次以为能一辈子的爱情，现实是：互盖一被子可以，共用一杯子也可以，但拼上时间，很多人就不可以。分手那天我没哭，连一点挣扎都没有，特豁达地去庙里烧了三炷高香。过去的我害怕好多事，害怕一个人睡，害怕考试挂科，害怕没朋友，害怕家里人老得太快，害怕自己不够漂亮，害怕养活不了自己，害怕在爱情里受伤。那么多害怕的事最后都成了经历，为何还害怕单身？

舞蹈精灵杨丽萍女士说过，有些人的生命是为了传宗接代，有些是享受，有些是体验，而我是生命的旁观者，我来世上，就是看一棵树怎么生长，河水怎么流，白云怎么飘，甘露怎么凝结。作为戏精的我，我来世上，就是看一个帅哥怎么生长，饼干模子里的奶油怎么流，秀优越的傻子怎么飘，冰箱里的面膜怎么凝结。不要理会外界的约定俗成，日子是自己的，幸不幸福自己最清楚。别说那么多人到了适婚年纪就嫁了，那么多人还早死呢，我们是不是也要加入啊。

我这么努力的姑娘，一定会有人爱的，不劳费心。倒是你，中国总人口男女比为1.05:1，这意味着有3000余万的男性光棍，你要加油了。

还有，你的冷笑话真的不好笑。

from_ <u>傲娇胜女</u> 是我 没错

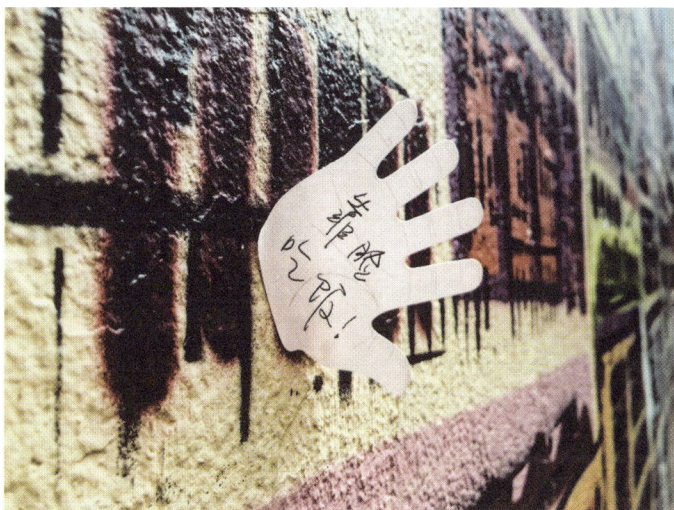

November

12th

　　各位文学院的男同学，今日是我最后一日当班，没有留待夜里同你们告别，主要是怕见你们男子汉的眼泪，我就把这段回忆当作怀念，写成一封长信，与君分享。

　　看过的书里，李白可以酒入豪肠，七分酿成月光，余下的三分啸成剑气，绣口一吐就是半个盛唐；而我这等半路出家的山寨文化人，就闲来啰唆几句，望不要笑话，笑出来的那几个，我都会做好记录，未来一个个修理。

　　做文学院的宿管阿姨已有十余个年头，一晃就到了退休的年纪。当时选择来大学工作，是觉得氛围特殊，成人仪式后，最好的半熟年华，见着你们每一个，就像看到自己儿子

请相信 万事皆有因果
保持善良
自会带你去 你想去的地方

似的，尽管他的样貌也就停在了这个年纪。

你们说我保养得好，亲切地唤我为小华，下课路过我这儿，总会捎带一点零嘴；你们知道我爱读书，就隔三岔五地给我送上几本新的。只有我最明白你们，爱是相互的，我对你们好，好到有时总端正不了自己的立场。偷开小灶弄得线路跳闸，找我解决，我每次都没上报。几个夜不归宿的惯犯屡教不改，我每次骂你们很用力，给你们开门倒也是勤快。别不承认，外人见你们都是文人，我知道你们，怪在肚子里，淘气在身上，但善良在心里。

三楼301寝的，当时你们带动了养宠物的风潮，不知从哪弄来一头猪，沸腾了整栋宿舍楼，后来被我发现有养金丝雀的、珍珠熊的、哈士奇的，竟然还有人养小鳄鱼。我无法想象我上报给学校说你们遵纪守法、爱惜寝室，结果辅导员查寝时，却是鸟语花香、惊声尖叫。一两只可以忍，变成动物园就说不过去了。我拍下每只动物，印成照片，背后写上主人的劣迹贴在我宿舍门口，宠物消失一只我撤下一张，终于在校领导检查前，一切回归风平浪静。

　　另外隔壁302寝的，我知道你们找理工的同学偷偷改了宿舍线路，每晚到了11点半也不断电，夜夜笙歌，还斗胆开了间"深夜食堂"，冒菜煮得我这里都闻得到味，虽然特别想问你们火锅底料从哪买的，但还是劝君回头是岸，听说下一位上任的阿姨鼻子比我还厉害。

　　跟你们相处久了，自然知道对付你们的法子。

　　223寝找我投诉的同学，当时你的下铺晚上睡觉爱讲梦话，讲话无碍，但总在唱歌，唱歌也无碍，但太难听。你准备好晾衣架，但凡半夜下面开唱，就用衣架敲床，后来衣架不管用，你就用弹弓。直到两人为此打了一架，前来我这里争论。我听了你给我的录音证据，我当时怎么跟你说的，保证拯救你于水火，哦，不是，同学间一定要互助友爱。

　　在你买好水枪前，我给他介绍了个女朋友，于是他搬出去住了。我不想给人落下红娘的印象，其实早就发现那位女同学常在门口制造偶遇，顺水推舟罢了。

说起恋爱，你们文学院的男同学都比较文艺，为了避免引起笑话，我就隐去他的寝室号。分手那天，他喝得醉如烂泥，第一次翻墙，结果裤子被尖柱穿了洞。我梦里依稀听到有人哭，醒后打开门被惊着了，只见他倒吊着挂在围墙上，我费了好大力气把他抱下来，他不停拽着往下掉的"破洞裤"，在我这里哭得厉害。见他还没醒酒，我给他倒了杯热水。他眼波流转地摸着我的手说，这辈子没喝过这么好喝的饮料。我叹了口气回他，小伙子，我都是可以做你妈的人了。他双眼一闭，这下知道自己醉了。

你们这个年纪的爱恨情仇我见多了，无非是在谈感情的时候拼命感动，被感动的时候误以为是感情，殊不知感动与感情之间差了一次深谈、一个亲吻、一段相处。失去爱情，有三种可能：彼此都不爱了，她爱你你不爱她，或者相反。那第一种是解脱，第二种是经历，第三种是不遗憾，因为你失去的只是一个不爱你的人。

你们作为男人，谈恋爱要摸清女生的言外之意和欲言又止，这不是用猜的，而是要想到对方出于什么样的心态。阿姨是女人，但不只为女人讲话，这个世界上，善良的女人不多，保护对方的同时，也不要忘了保护你自己。

刚来学校的时候，我每个星期都会去老人院做义工，因为觉着跟比自己年长的人聊天，能活得更通透。我相信212寝的同学们也明白，他们过去也常跟我去，看似志同道合的，结果在学校做创业项目时闹掰了，现在那寝室里只有爱穿花衣服的和那个瘦高个儿了吧。我是局外人，孰对孰错不予置评。你们都是七尺男儿，身上都有把火，很难退让一步，都不想亏待自己，但成人世界的交际法则，就是不轻易撕破脸，很多事情默默明白，但是不说。你看那些聪明人，成日疯疯癫癫，考出来成绩都比你们高。

同学们，大学四年一晃而过，你们在这四年对未来抱有超高期待，但我不得已趁此刻泼一桶冷水，因为能对你们说真话的人不多。等你们毕业了，会发现大多数人都过着自己不喜欢的生活，这是生之常态，你们幻想的未来是文学的修辞，最终的现实可能是去了滤镜的呈现。小时候以为可以改变世界，大一点以为可以改变别人，后来你会发现连自己都改变不了。

阿姨不是想要让你们放弃，而是想让你们看清真相。大浪淘沙的社会里，人如浮萍，到了一个阶段说那个阶段的话，不妄言，不瞎做计划，无论是何种生活，都是自己选择的，好与坏，结果只能自己承受。你们是大孩子，该明白，无论何时懈怠，生活都会以各种方式让你补偿。

这几年，真的是你们最幸福的时刻。你一定会有那么一天，跟朋友聊起即将还有一年就要毕业了，在怅然若失的焦急情绪里惊醒，你抹掉眼角的泪，庆幸这是梦的同时，又会无比遗憾，原来毕业已经好多年了。

好好把握属于你们的每个机会吧，守护执念，保持善良。爱情、性格、情绪、花销，都要控制在九分之内，留一分退路给自己。今日所做的事，皆是明日的心甘情愿，寻得良人，情牵半生。要做透明的人，潭中鱼可百许头，皆若空游无所依。

唠叨至此，只因情谊深重，但深重不过你们接下来会遇见的更多人，我的世界如是这般，而你们的折叠铺展，欲将开始。

就此告别，无挂无碍，山水终有相逢。

from_   小华

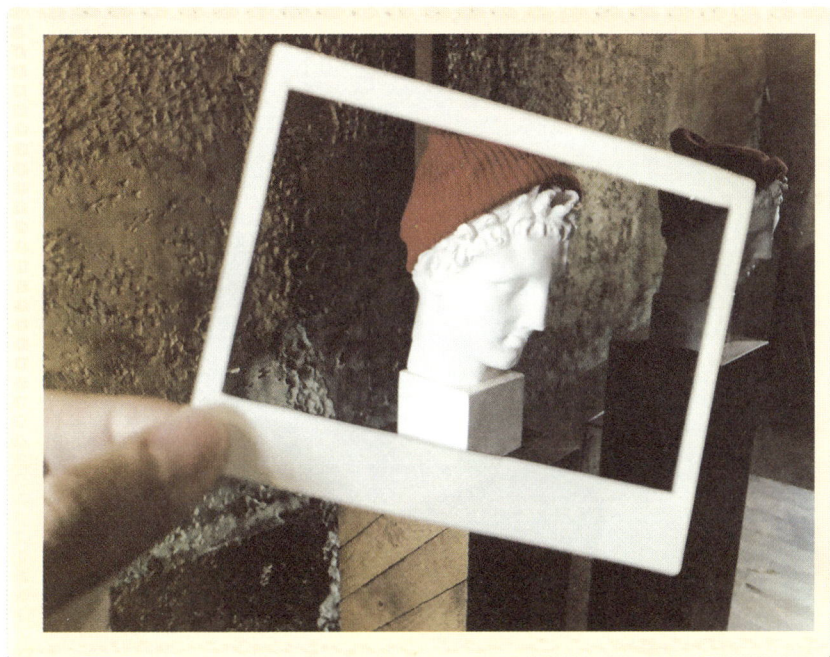

March

1st

article_#010

　　Paul，你曾说过，一个人彻悟的程度，恰等于他所受痛苦的深度。这些年，我换了很多次爱人，选择流浪，原本以为谁能让我确定、让我靠岸，最后却囿于自我，步入了人前潇洒、人后孤独的中年。

　　Paul，不都说年纪越大越容易忘事么，但为何很多事，总逗留在脑子里，只有在梦里的时候，才稍显混沌。

半个钟头前，在我常去的书店，我买了一本纳兰性德的词传，结账的时候，老远就见你在边桌喝着咖啡翻杂志。你瘦了，脸颊凹了一块，被未剃完的胡楂填着，远看像有一道沉着的阴影打在脸上。我咬着唇，没有上前打扰你，鬼使神差地拿出手机，手有些微颤，按下快门，结果忘记关闪光灯。前面埋头看书、写作业的客人们，都寻着光源皱起眉看我，你却没有抬头。

我其实挺想让你抬头的，看看现在的我。

记得你第一次见我的时候，只是眼光轻佻一扫，我确定你看见了我，哪怕当时你是从香港过来的总经理，我只是一个刚进公司的实习生。我忘不了，你那天穿着妥帖的西装，拎着搭扣公文包，普通话很蹩脚，食指中指并拢着画圈，跟我们讲未来的唱片市场。我那时是个涉世未深的女文青，粗布麻衣，素面朝天，头发都是早晨为了不耽误赶公交车随意扎的。你在十几个人里选中我，问我入行的原因，我瑟瑟回答，因为喜欢听陈升。

知道你爱《红楼梦》，是那次随行助理说你飞英国前落了本书，重买一本都不行，非要我从公司送去，我取出那本做满了标记的《红楼梦》，还是1996年人民文学社的版本。我打上车，用最快的速度去机场见你。

不仅如此，你是我见过最可爱的香港人。我们到底算是有缘，偶遇过好几次，在二手唱片店，看到你戴耳机听陈升；在大排档，我们都爱点海蛎子面；最后一次跟你偶遇，是长假假期。我习惯在公司写东西，想写红楼，便举着书，在工位上研读。你看见了，穿过密密麻麻的格子间，来到我的工位上，邀我一起吃晚饭。

我拒绝了。

后来你一共邀了我三次。第三次的时候，你说保证不让其他同事知道。

那顿晚餐我们都在聊红楼，你问我，宝钗爱宝玉吗，我很肯定地说不爱。山中高士晶莹雪，宝钗太通透，看彻了人生，心里有碑，却守不住爱人，只会苛求圆满的惺惺相惜。你却笑笑说，宝钗正是因为看得透，所以评价标准高，宝玉在标准之下，却在标准之外，她是爱而不知，有感而刻意避之。她的心性早熟，颇像个事业女强人，或许当她脱掉铠甲，点着烟，回到自己一个人的家，电视适时放起小情调的爱情轻喜剧，她也会羡慕，偶有少女心，勾勒心里的Mr.right，她不知道那个Mr.是怎样的，但肯定不是宝玉那个小孩。你这么聪明的姑娘，怎么可能看不出来。

那晚我去了你的公寓，我们发生了关系，我没问你的过去，现在，也没敢讨论未来，我甚至不想翻看你的钱包，不过问你每次完事后，在凉台点烟跟谁通话，我不会在你身上寻求恋爱的模式，不是我不爱，只怪我聪明。

我们保持这样的关系一年半，后来你大段时间待在香港，我在内地混得风生水起，给无数当年畅销的金曲碟写过文案。再往后，你从香港搬来北京，住在我隔壁的小区，某天你给我打电话，让我上你那儿坐坐。

我们小酌香槟，你却醉了，不肯放我走，我穿着衣服，陪你在客厅坐了整整一夜，我们没讲什么话，彼此用理智强行压制感情，没人挪动半寸，我承认我爱上你了。

女娲氏炼石补天之时，用了三万六千五百块顽石，只单单剩了一块未用，便弃在大荒山青埂峰下。我们都以为，自己是被命运选中的那块顽石，幻想被一僧一道拂去尘埃，在人世间经历灾劫，度化金身，带着一腔热血和故事回到山脚，昂首以为自己是特别的那个人，后来才知道，从始至终，都不过是一块被遗弃的石头罢了。

那夜之后，我们彻底断了联系，说也奇怪，都说世界很小，我们离得那么近，却再也没有见过。后来听说你退出唱片这行，做实业去了，更有谣传说，你得了罕见病，没有扛过第三次化疗。

　　你知道吗，昨天是我四十三岁生日，这二十年间，我再没读过红楼，至今也未婚，算命先生说我命里有一坎，大概是过不去了。我等着时间风帆经过，滚回我的大荒山，靠岸做回普通的石子，这俗世经历，终究逃不过一个人的当头棒喝，逃不过一场空。

　　我幻想过无数次跟你重逢的场景，冷眼装作不熟识，或是大气地给上一个拥抱，但却没想过是这样，因为手机的闪光灯，我狼狈脱逃。试图忘记的人，是忘不掉的，那些快乐、坚定、委屈和遗憾，在我们心上划了几刀，被日子疗愈，留下深浅不一的痕迹。我们根本不擅长遗忘，但愿日后想起你，只是生理的微疼，而不觉得痛苦。

　　其实有些事我没告诉你，那晚在你家，聊起我们的过往，你觉得我与众不同，所以认为是你追的我，其实你不知道，我偷看了你助理的工作笔记，知道你常去那家印着玫瑰LOGO的二手唱片店，所以我总在那儿等你；我知道你爱吃那家大排档，就跟老板打听好了你来的时间。还有在公司那次，我跟自己打了一个赌，我翻着《红楼梦》等你一个下午，如果你走到我身边，就证明我成功了；如果没有，就当是白费气力，没关系，反正年轻，时间还多。

　　这道菜，我曾见过的；这本书，我曾见过的；这个像电影里完美的男人，我曾见过的。你爱我的样子，我倒不曾见过。

　　如果还是二十多岁的那个丫头，我想在今天之后，我会打扮得漂漂亮亮的，再来这家书店假装跟你偶遇，可现在不会了，我知道我们不会再碰面了。

　　刚买的这本书，纳兰性德写着："谁念西风独自凉，萧萧黄叶闭疏窗，沉思往事立残阳。被酒莫惊春睡重，赌书消得泼茶香，当时只道是寻常。"小时候我不懂"寻常"二字，现在问我，大体是人间轰轰烈烈，时间潮涨潮落，淹没当年的闲适、馨香与奋不顾身，本该与你在一起，任是无情也动人。

from_　红楼梦中人

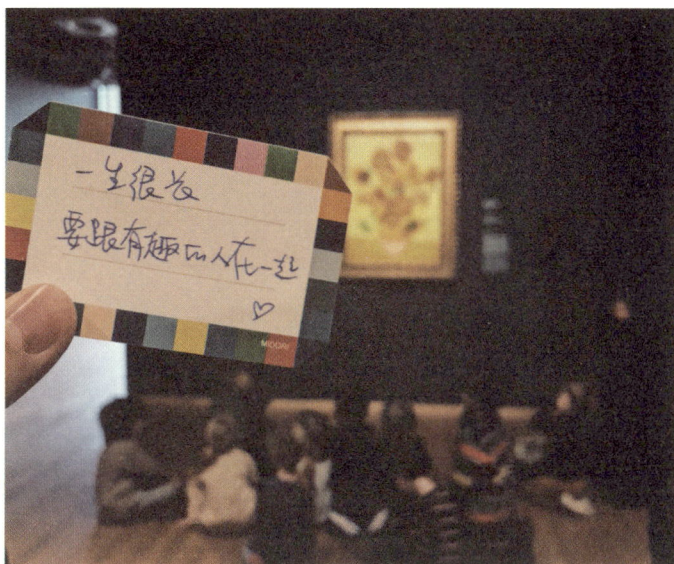

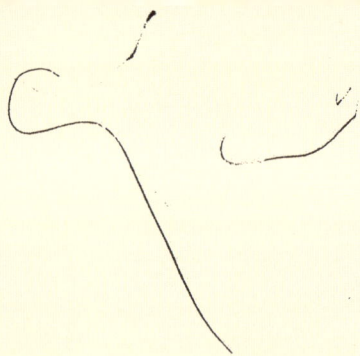

一想到你
我就对明天有了想象

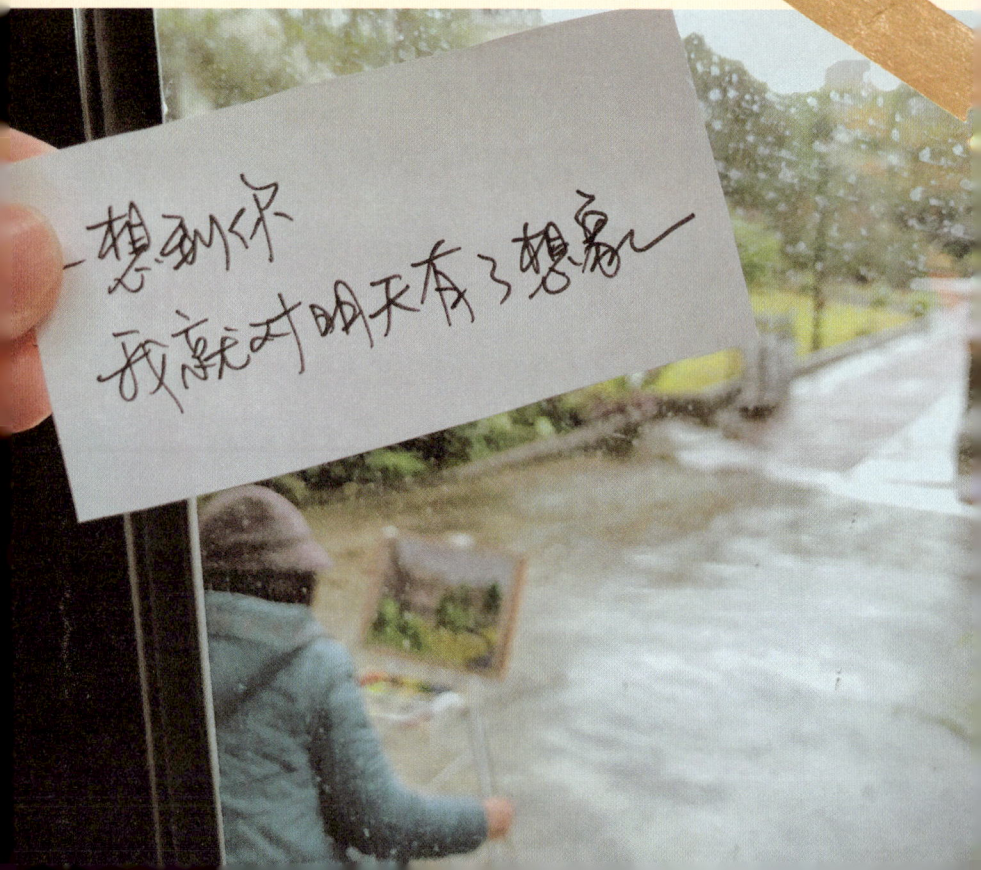

article_#011

　　你肯定想不到，今天我画得有多成功，就画了三个小时。因为下雨的关系，画里冷色调居多，庭院的水泥路都合着零星的花草用绛紫色盖过了。总计超过十个人给我的画拍照，还有一个小伙子，隔着玻璃窗，躲在我身后拍，我想他心里一定觉得，这真是个才华横溢的阿姨。

　　本想拍了照微信发给你的，怕我的作品太优秀，让你工作分心，就等你空了，咱们打电话再说这事儿吧。绝对不是不忍心打扰你，你知道的，我一直都是个特别自我的母亲。

张皓宸

当时生了你没俩月，你爸就自考去北方念大学了，你爸那精瘦身材一直让我迷恋，谁想到两年过去，我们在老家的栈桥上重逢，我愣是没认出他来。倒是你，撇着小嘴咿呀叫唤，看着胖了三十公斤的你爸，我回去哭了一路，罚他几天不许吃主食，不瘦下来就离婚。

天不从人愿，你爸带着脂肪一路高升，混成了中层领导，逢年过节家里就有吃不完的巧克力和堆成山的酒。我原谅他了，老天爷是公平的，没收他的颜值，送给我一棵摇钱树。人这一生啊，可以跟很多人过不去，但不能跟钱过不去。

中学那几年你本事了，成绩差不说，还没混成一方小恶霸，整日给其他人欺负。性子内向，不爱说话，偏偏鬼点子多。班主任让你请我去开家长会，结果你偷偷用信纸拓我的字，给学校写了封长信糊弄过去。班主任在课上把那些没请家长的小孩数落了一通，说向你学习，家长没时间来，还专程写了封道歉信。这还不止，你把期末成绩单上的分数用改正纸贴着，去校外复印店搞了一份山寨版，自己填上高分给我签字。别问我怎么知道的，你班主任跟我打电话的时候，我还帮你圆了谎，主要是我比较爱面子，我自己的儿子，我还不了解，不坏，就是有点笨。

高考那年你良心发现，往死里背书，那年我们家乡难得下大雪，想带你出门，你却挂着俩黑眼圈，说是要备战高考。我说，高考年年有，大雪可不是哟。我发誓，我真的就是想看看雪，没别的意思，谁知道一语中的，你真复读了一年，但第二年还是没考上理想的大学，放榜后跟我们生气，填了个离我们最远的志愿，你别扭着喊，要重蹈你爸的覆辙，离家远远的。

你什么都可以学他，但是别学他狠心。狠心到在你离开我那年，抽烟抽出癌。以前嫌他胖，等他那么大吨位一个人从床上消失的时候，我就睡不着了。好不容易入梦了，又总感觉身子边陷了下去。你说你爸，是不是根本舍不得我啊，他老长白发，打折的时候从超市买的两罐染发膏搁到现在一直没用呢，会不会过期了啊。

　　那时妈妈好痛，这种心痛的感觉，可跟你与哪个女孩子分手不一样。你爸走后，我过得不好，但没跟你说，因为我知道你也过得不好，事业不顺利，领导不器重你。你辞了职，回来一躺就是半年，这半年我们没少吵架。你说我怎么还跟以前一样拿你当孩子，说我没有自己的生活，我什么都不会，只会絮叨。我当时都忍了，你怎么说我都不回嘴，只要你别走，你在家还能冲我发发脾气，在外面谁理你啊。

　　等你再回来的时候，我提前退了休，你创业成功，跟我讲了好多新的东西。你给我订了好几本老外的书，什么《秘密》《不抱怨的世界》，让我放在枕边，熟读吸引力法则。你说我在你小时候说的一句话影响了你——够不到菜的时候，就站起来。因此在低谷时变得主动，任何事不要置气，那是拿别人的错误惩罚自己。我突然觉得我好伟大，让你自己够菜，是因为我给你夹着累，真没想那么多，你们语文卷子里那些阅读理解的作者本人，应该跟我有同样的心情。我认真读了那几本书，但常读到一半就睡过去了，吸引力法则让我要求、相信、接受，我都无法学以致用，倒是觉得吸引力最大的法则，就是让我这辈子认识了你爸，然后生了你。

你的事业越做越好，回家的频率也更少了。我算过一笔账，我今年五十一岁，一辈子没做过亏心事，老天爷勉强能让我过到八十，能再陪你三十年，其实一年见一次，也就三十次，还不算意外情况。我每次跟你见面、打电话都想争取时间，但我也是第一次度过我的五十岁，第一次体验老妇女可怕的更年期，所以有时候总说些情商太低的话，拼命找话题，结果找吧找吧就落到结婚生子上。提起这些，你就不乐意，说跟我三观不合，是两个世界的人。我特别讨厌我自己，浪费彼此时间。这一辈子，我们管教你们，不一定是我们大人对了，大人也可能犯错，只是我们从来不和孩子们说对不起。

车间的姐妹因为几百块工资的事，跟我闹掰了。现在大部分时间我都落单。但一个人挺自在的，前阵子学会了看电影，只要新上映的片子，我就抢票去看，总能撞上几部你也看过的，打电话的时候就有话可以聊。见你朋友圈隔三岔五地就晒跟朋友们喝酒，有些话说多了又嫌我唠叨，只想让你长个心眼，身边的人切莫言深，偶尔提防，真正的好朋友都在远方，相互挂念。我也没那么闲，整日关注你，主要听说朋友圈可以分组，我就想知道你是不是把我屏蔽了。

一下子又扯远了，我最新画的这个庭院是你小时候玩的地方，此前废弃了好几年，现在改建成创意园，好多小商小贩进来开店，我没事就常来画画。画画这个技能也是我偶然发掘的，一开始是那个填色书，后来就自己打底稿上色，然后又无师自通玩起水彩。我觉得我比那些科班出身的人强，天赋异禀，可能今后你想回来都见不着我了，因为不出几年，我的作品应该就可以走出国门了，做个展览什么的。所以你也放心，我虽然是野草，但是坚韧，无论什么环境条件都能生存，我总有你看不完全的实力，不然怎么做你妈呢。

我看过的世界没你的大，但懂的道理跟眼界无关，而是看你放下过几次，我这一生，拿起的不多，放下太多，放一次就痛一次，痛一次就重活一次。

有时候你觉得自己努力很久，结果白费力气回到原点，生活轨迹看似是抛物线，总是起落，但人生其实是个螺旋上升的过程，你以为回去了，但已经往上走了一大步。

你在外地工作，勿挂，挂着我也没用，我都好，春节早点回来，不是我想你，是我的时间不等你。

from_　白日 老梦想家

张皓宸

你 的

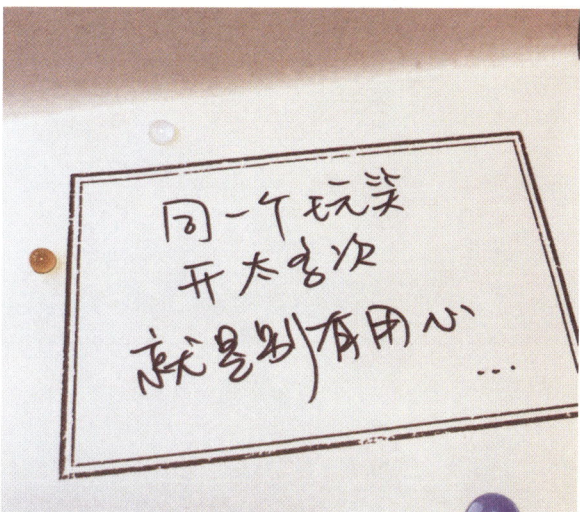

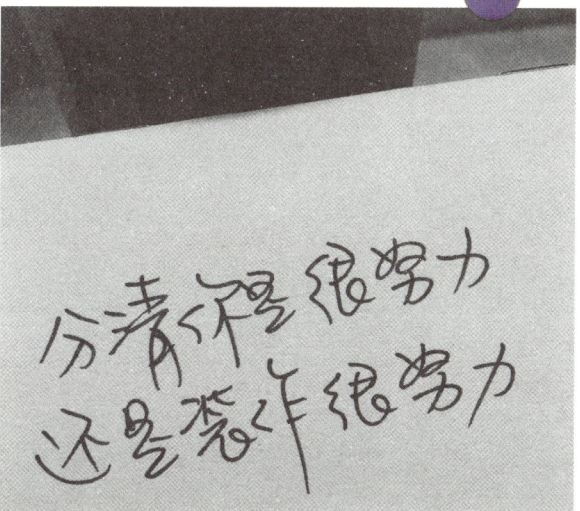

June

20th

　　我的店开在这里已有五个年头了。

　　旁边是个卖五金的，对面是家面摊。我的店面不大，两张用来剪发的椅子，一张洗头躺椅，对面的货架是价格不等的各色假发。当时为什么想到要开假发店？大概是觉得有商机、成本低，门面的租金又有优惠，就闷声开起来了。我不是圣人，事到如今，就是走一步看一步。

　　你第一次来我店里，留着及肩发，黑色绒毛大衣的领口盖住半张脸，隐去了脸上的表情。你没多话，在店里来回打量，考虑好一阵终于开口，流程是怎样的？我强撑一个笑容，你可以先选，选好咱们再开始。你愣了一下，说，还是先剪发吧。你径直躺在椅子上，我打开水，此后我们再无交流，沉默才是店里最好的氛围。

我习惯用电推子，操作起来有手感，可以把发根也剃掉，免得那些用工具自己动手的客人，剃完没几天头发就长出一些茬来，睡觉的时候，扎得头皮难受。我打开电推子的开关，店里弥漫着嗡嗡声，你把领子解下，露出整张脸，红唇透在镜子里特别打眼。没再多观察你，正想上推子，你突然用力推开我的手，裹上大衣，匆匆逃了出去，真的是逃。

像你这样的客人我见得多了，这些年，我的店就是个小型的世界。来这里留下故事的，老婆在里面哭、老公在外面抽烟的；还有剃一半直接倒在地上的，也有很多在剃之前又放弃的。因为它太有仪式感，意味着你没有退路，念过的经和求过的神都帮不了你，你正式踏入了这方现实天地。所以，我没想过你会再来。

某天你又推开了玻璃门，远远看到我，问，大哥，现在可以剪发吗？你那一声问句，带着沙哑，埋着人到中年的解脱。

　　你从包里取出一个音乐盒，发条拧到底，然后闭上眼睛。

　　我记得你的头发很硬，又密，我想起过世的老母亲，发质跟你很像，但我这四十多年，就为她剃过三次头，前两次都是在她生日时，最后一次是火化之前。后来我剪过多少头发，就后悔过多少次。

　　你的音乐盒是很好的疗愈，我的思绪跟着飞舞的发丝而过，最纯粹的你就出现在我面前了。你全程闭着眼，我不忍心，还是拍了拍你的肩，你偷开一点眼缝，眼眶瞬间就湿了。你没敢多看镜子里的自己，赶紧回头选假发。我给你推荐的那顶一百多的中短发，比较好打理，女士戴也不会显得太短。你重新坐回镜子前，我帮你把假发固定好，将多余的发丝剪去。

　　你稳定情绪，淡淡地说，怎么就变成了另一个人呢。我不知道该怎么接你的话。倒也奇怪，你不像多数的女客人，把眼泪都留在这个时刻，只是又一次转动音乐盒，对着镜子自言自语，也不管我在不在旁边。

　　你没有结婚，二老在北方，现在这状况除了身边几个亲近的人没多少人知道。你自嘲，像你这样连爱情都没找到的女人，要么太强势，要么太差劲，你是前者。我虽然不是什么成功人士，但有家有生活，老婆给大户人家做月嫂，孩子八岁读小学。以一个经历了生活的过来人看，所有会说自己强势的女人，都是因为没找到一个能让她们放下身段的男人。

你的音乐盒是在台北旅行时买的，上面的物件可以自己选，你选了一个小房子，还有一个小女孩，其实原本还有颗小行星，音乐响起来时可以跟着转。你摸着凸出来的轴承，怅然若失道，买回来第二天就断了，试了好多办法都装不上。或许也是老天爷的暗示，回大陆的第二天，你就去医院检查了，结果不尽如人意。住院之前，你特意收拾好屋子，不管它是迎接你，还是新的主人，都是干净的。

我看过那颗行星，下面固定的螺丝扣裂了缝，我请求把音乐盒留下来，如果你信得过我，我帮你做一个，等你好了，再来找我取。

你说了一句话，我至今难忘，你说，没关系，我让朋友来取，让家人来取，他们还在。

我的假发店开在闹市中心，五金店的旁边，是一家连锁酒店，酒店旁边是家安徽夫妻开的小卖铺，过了这条路，右转第一家就是市里的肿瘤医院。

剃光头是化疗病人的基本要求，来我店里买过假发的，多数是女客人，我为她们剪去健康的证据，戴上病人的尊严。结束服务，不说"再见"，不说"慢走"，只点点头。

有些客人经常一年半载见不到，也不知道是治好了还是走了。心态好的客人，乐于跟我分享他们的故事，随时来剪头发，假发换着戴。我早不图赚钱了，能养家就好，帮他们代取报告，寄存包裹和冷藏药品，能做一些是一些。

这些年，我在这间狭小的假发店里，看过太多感伤和寂寞。对面的面摊，经常有人刚吃完就吐了，隔三差五有公益组织来店里收头发，说是要做成假发送给晚期行动不便的客人。我们这行业跟失去有关，是人生的另一面，多数健康的人，是看不到的，有些东西看清楚，就太伤人了。

生老病死是自然规律，运气好的多活个几十年，被选中的，就要早点结束这旅程。但有时候我也总问，为什么是他们呢？太辛苦了，无论是身体上，还是心上。开了这家店，我每年都要去医院筛查两次肿瘤，见得多了反而更怕，怕离开家人，有一点懈怠都觉得老天爷会惩罚我。这也解释了为什么现代人的亲情需要被死亡提醒，还拥有的人往往不珍惜，等到一家人站在那个冰冷的洞口前，才知道这是彼此最后的时刻，过了这一关，一切将彻底告别。而这还不是最难过的，直到你看见：冰箱里剩下一半的速冻水饺，吃饭的时候少摆了的一副碗筷，家里那件比自己还年长的旧物，你才真正意识到这个人再也不会出现在生活中了。

　　距离上一次见你，已经一年多了，我用塑料片和弹珠做成了一颗好漂亮的星球，这个音乐盒一直摆在店里最显眼的位置，我倒是挺喜欢的，不如就当送我，别来取了。

　　到现在都不知道你名字，但不知道也好，在这个流行告别的世界里，愿有人为你停留。

from_　卖假发 看人生 的大哥

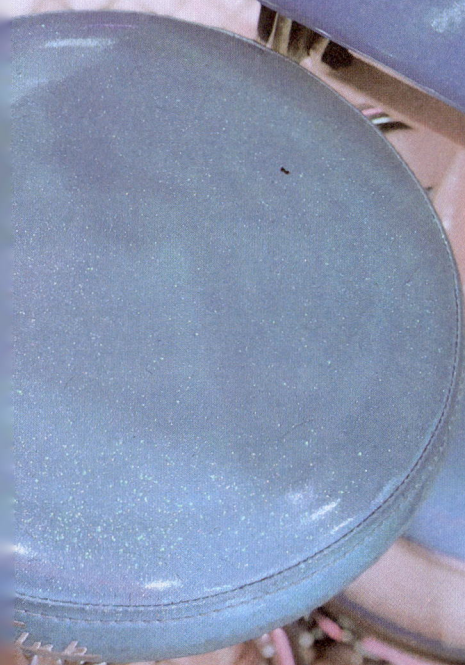

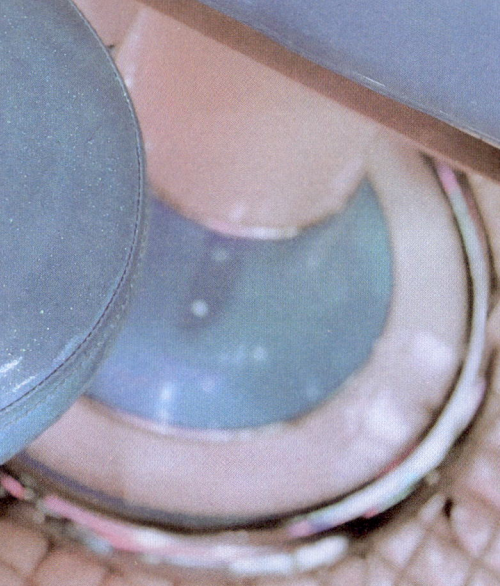

听

在这个流行告别的世界里
愿有人为你停留

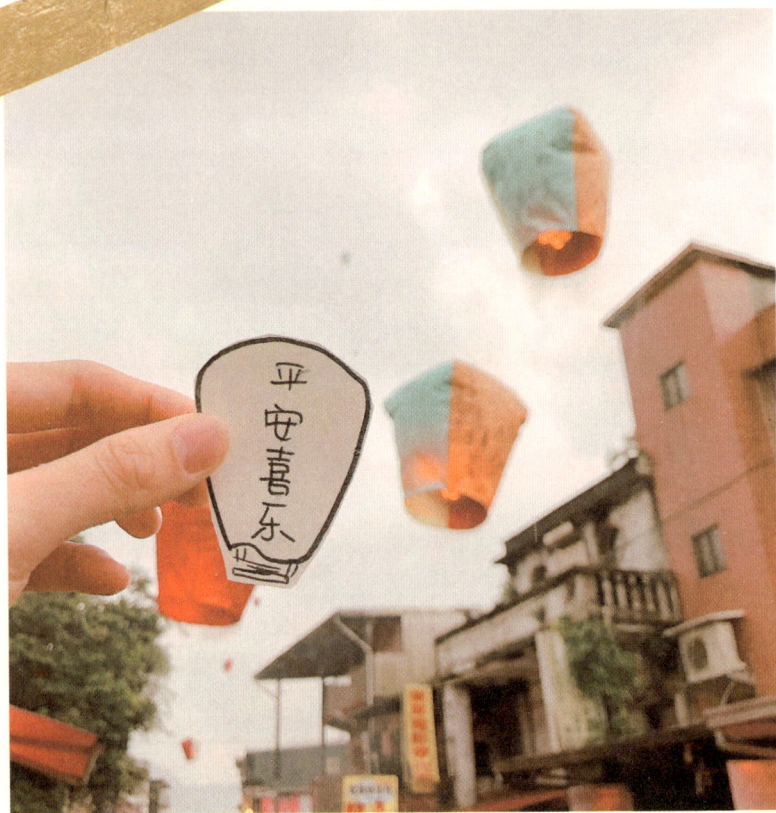

April

18th

article_#013

知道你没多少耐心，但请一定要看到最后一个字。

你自责过，说一定是自己哪里没做好得罪了神明，才把报应落在我们身上。但我想，或许不是报应，而是考验，因为我们还不够成熟，所以小朋友才躲在某处观察，不肯来我们家。

我曾以为最坏的人生不过是我这样了，两次宫外孕，正巧受精卵一边停一次，腹腔镜进去，满肚子的血，最后两边的输卵管都切了。进手术室前，你把我的手捏成拳护在你掌心，又放在唇边亲吻，捧在手心怕碎，含在嘴里怕化。想起小的时候我跟你比手，摊开五指还不及你的掌心大，那时就觉得，爸爸的手，就是世界。

我躺在床上虚弱地问你，我是不是这辈子都要不了小孩了。你红着眼安慰我，没有孩子一样可以很幸福。说实话，这几年因为怀孕的折磨，我过得并不好，不是身体的消耗，而是心被伤疲了。我相信你能感受到，要不然你怎么总刻意避开这个话题，给我发微信的频率也每日增多，我都三十多岁了，还不停叫我"宝宝"。

跟这个男人结婚，你是第一个投赞成票的。都说女儿结婚，做父亲的会觉得养了多年的白菜被猪拱了，结果因为你烧得一手好菜，他三不五时地就来咱家待着。你怎么说来着，拱没拱你的白菜不重要，反正人家养了快三十年的猪肯定是丢了。

婚礼在仲夏，我穿着婚纱挽着抖得好厉害的你，深呼吸三下后，你把我交给他，然后扯着嗓子喊，你要像保护自己眼珠子一样保护我女儿。这句话把在场的人都弄哭了，你却咬着牙紧绷着泪腺，特别傲娇。后来从摄影师给我的照片上看到，你独自转身下台，咧着嘴哭得像个孩子。平日你霸道、坚韧，云淡风轻的总带着笑，上次看到你这么难过的表情，是爷爷火化之前。

他是我交的第三个男朋友，算是完全在我标准之外的非典型帅哥，心里有童话，也有而立之年的睿智。倒是我前两个男友，让你费了不少心。第一次恋爱在大学，那时年少，是只顾少女心的"皮囊控"，以为眉眼精致、头发抓得立体有型就是好看；后来入了社会，寻求灵魂的共鸣，结果误以为嘴里含着蜜就是有趣的灵魂，最后无疾而终，落得两手空空的下场。也是这两段爱情，让我明白，靠近一个人，要慢一点，确信你能看清他；离开一个人，要快一点，不然真的会舍不得。跟他决定领证的前一晚，我们回家里吃饭，我不好意思直说，字里行间就扯来别人的故事给你暗示，我妈一听就懂，神助攻了整晚你都无动于衷。晚上等大家睡下了，你发来一条信息，说：婚后如果你们吵架了，你一定不要来找我诉苦，因为你一定会原谅他，但我不会。

在爱情这件事上，你一直都随我心意，因为你从小对我百般好，就是希望我不要被别人用一个小蛋糕就骗走。但你也明白，我不是那种好惹的女生。高中迷恋弹吉他，跟前桌的男生上课传纸条一起写一首曲子，被班主任逮住，勒令不听她课就出去。我摔了凳子，捡起吉他就跑了出去。来到教学楼下的花园，靠着天然的立体环绕音，弹那首只写了一半的曲子，只是那个男孩没敢下来，倒是学校把你请来了。你当着老师的面承认学音乐浪费时间，我回家跟你大闹一场，说你两面三刀，不尊重我。小的时候，你鼓励我学钢琴、学音乐，在练音阶段练到崩溃，你搬个小凳坐在我身边，厉声道：好不容易找到自己的爱好，如果没有成果，哭着也要坚持。我死死抵住门，你在门口好认真地跟我道歉，你说有些事只有我长大才能明白，成人世界的谎言有时没有恶意，只是生存手段而已，你也是第一次当爸爸，可能未来还会做很多不好的示范。

这句话跟后来看的《请回答1988》里，德善的爸爸对她说的一样："爸爸我也不是一生下来就是爸爸，也是头一次当爸爸，所以，我女儿稍微体谅一下。"每次看到这一段我就忍不住泪目，怀过两次孕后，体会会更是不同。

打从我记事起，你就对美食特别讲究，你那时刚从老家到城市，为了工作没日没夜地应酬，但不论你带着醉意回来多晚，都会给我带好吃的，卤鸡脚、豌杂面、桂林米粉、烧烤……被我称为"爸爸的深夜食堂"。你为这个家很拼命，我却没有很争气，拿着数学20分、语文55分的期末成绩单，伸出小手准备讨打，你摸着嘴角的胡楂，好认真地分析道，看来你今后适合读文科。

你是个跟别人不一样的爸爸。

这要归结于生我之前，你那一段堪比电影的冒险青春。在那个年代，读本地职高的人居多，你却独自一人离家去读航海专业。毕业后分配到远洋公司成了海员，游走在世界版图之间。你跟我妈是在威尼斯认识的，水城的道路没那么人性化，街头巷尾时常遇上死胡同，看似虽小，但方向感不强的人走进去就容易迷路。你跟我妈同时迷路在岸边，两人一见如故，当晚你邀请她去船上小聚，加上几个船员起哄，年轻的荷尔蒙作祟，互看对方几眼，一桩喜事就成了。

我妈生下我没几天你就又启程了，这次的你身份不同，于是一切都变得格外谨慎，在曼谷的市集买个水果要洗干净再吃，出海后天气稍有转变就死死盯着预报和雷达，结果验证了墨菲定律。离开法国那天，你们开着一艘新船回国，遇上妖风，船无法靠岸，差点丧命。

回来你就决定辞职，放弃自己伟大的航海事业。看过星辰大海、森林湖泊，外面的世界也许美，可随着时间流逝，都会变成回忆飞走。于是你甘愿回归家庭，徘徊于厨房和婴儿床，体会普通人的爱。

回忆到这里，已经够感动了。爸，你已经在能力范围内给了我们最好的，或许你失去了世界，却成为了我最好的父亲。

　　你还记得我小的时候，问你我是怎么来的吗？你说，我和一群小朋友赛跑，跑赢了。生命或许就是一场从无到有，从有到无的轮回吧。要告诉你一件事，有一位小朋友，被外面的叔叔阿姨们直接挑选出来，说：你不用跑了，因为你是幸运的，有一位特别好的外公，已经在家里等你。

from_　　这次<u>不会让他走的</u>　<u>女儿</u>

你比万物
还甜
♡

September

18th

article_#014

我曾经是一个很硬的柿子。

不要想歪，就是满肚子果胶，筋很硬，但脾气不硬，特好欺负，偶尔舔一下自己都嫌涩，难怪成为驻守冰箱的废柴。

来这里第一天，我遇见了三颗同样很硬的猕猴桃，他们撩拨着身上的绒毛，带我疯玩了三天三夜。后来才知道，他们一个月前就在这里了，靠资历混成了老大哥，肯带我玩，主要是没见过我这样的金刚芭比。我很快成了他们的小弟，每天屁颠屁颠跟着他们收租，胡吃海喝，"惩善扬恶"。

猕猴桃A总说自己是来自新西兰的贵族，B是热情的颓废者，佛性玩家，C聊天的时候总想胜过你，跟这种人聊天像在辩论。我们发誓要做一辈子的朋友，但奇怪的是，我只要用他们对待我的方式对待他们，他们就会生气。

早晨和傍晚，冰箱大门会打开一次，世界会突然亮起黄光，他们称之为"饿鬼祭"，祭日的仪式，是冰箱里最好看的食物要被外面的人吃掉。唯一自救的办法，就是抠脚、打嗝、放屁，怎么丑怎么来。

我用力扮着鬼脸，扭头一看屎黄色的他们，真的好丑啊。结果他们就被巨大的手掌抓走，直接丢进红色的塑料桶里了。失去猕猴桃三兄弟后，我整日流泪，硬邦邦的心都快化了，直到你出现。

你是一只身上喷了香水的梨，靠近你，就会闻到夏威夷海水的味道。尽管我没去过那么远的地方，但传说夏威夷的水就是甜的。你的出现自带背光，所有人都说你不会在这里太久，于是没人敢靠近你。那晚我孤单得很，去楼下的白葡萄酒兄弟那讨了点酒喝，结果一两杯就醉了，眩晕着回来，不小心被你头上的把儿绊倒，直接栽在你身边。

你说，路都走不称头还敢学别人喝醉。

我当时大惊，你竟然会跟我说话！

你回，你是柿子，又不是聋子。

真是集颜值与才华还有体香于一身的极品啊。我自惭形秽，气儿都不敢出，倒是你，夜半三更的，倾述欲旺盛。

你来这个冰箱前，曾是香蕉最好的朋友，和一大群同仁住在一个水果店的冰柜里。某天，香蕉和苹果恋爱了，少年的初恋，会让他的身体和心理开始全面地成熟。香蕉就是那种谈一次恋爱，成熟度就上升1000000点的。他们恋爱以后，会各自去帮其他朋友做感情辅导。那时的你，也是个没勇气的人，跟香蕉一见如故成了挚友。后来，香蕉和苹果被扎着马尾辫的女生带走了，故事到这里结束。

我问，你不难过吗？

你说，往事与旧人，自有他们的好，因为可以念念不忘。

听完你的故事，我咬牙道一定要记着猕猴桃三兄弟。你只给了我一个不置可否的笑容。第二天一早，你把我拍醒，非要带我入门练瑜伽，我一看表，7点。我从没这么早起来过，结果一天的时间变得好长，长到第一次彻底感受四周的雾气、大地震撼的轰鸣。瑜伽有个动作是要关注自己的呼吸，我身子硬，一根直肠，一吸一呼就放屁。自尊心受挫，我累到虚脱，大吼一声，我硬怪我咯。你在一旁乐不可支，说原来你也可以很man。

我问，你开玩笑吧，他们都说我是金刚芭比。

你回，玩笑开多了就是别有用心，好朋友不互相吐槽，只会一起吐槽别人。

说话浮躁的，如刀刺人；说话有理的，就只有你，我有幸真的跟你成了朋友。你说我声音好听，拿来一首歌，让我唱出来，是陈奕迅的《葡萄成熟时》，你特别爱听他的歌，上一首听哭的歌，是"你给我听好，想哭就要笑"。

"你要静候，再静候，就算失收始终要守。"

你说我唱的比说的好听，于是专为我组建了一个唱诗班，我是主唱。每天除了练瑜伽、听风看雾以外，就是排练。你找来蓝莓团当合唱，白葡萄酒取掉帽子就是鼓手，酸奶碰杯就有一段旋律。几天后我们第一次登台表演，我把紧张咽进肚子里，闭上眼都是你大喇喇的样子，还有你身上的海水味道，你说，柿子兄弟，你可以的。

那天表演很成功，但必须要告诉你，唱到一半我走神了，因为那道黄光好像很多天没来了，有些事禁不住想，冰箱门突然开了一道缝，所有人愣住了，音乐戛然而止。我立刻跳下舞台，站直身子，努力扮鬼脸，把脸憋得通红。你来到我身边，说，不用怕他，这是我们的使命，是我们来这个世界的目的地，对着光笑就好了。

我怕极了，颤抖着龇牙，露出好丑的一抹笑。

我问，我是你的朋友吗。

你说，朋友分两种，你和其他人。

我一直都很好奇，你身上究竟有什么东西是我没有的。直到那天，我在既定的生物钟里醒来，不过是惯性地伸展了腰身，突然觉得自己好轻松，身体里的各部分就像听到了进攻的号角，纷纷起身，我变软了。舔舔自己，竟然有一点点甜味，那是梦里的，夏威夷海水的味道。

但是你不见了，白葡萄酒说，昨天半夜，你被外面的人取走了。

我没哭，因为我知道，你完成了你的使命。

后来循此短暂一生，我忘记了很多人，但就记得你。忘记了很多一个人的雨天，但记得跟你在一起的晴朗。我终于知道你身上的那个东西，叫作乙烯，很难形容它，大概就像外面世界的太阳。

现在我也有了。

不管这些话你能不能听见，我还是想说，要不是因为你能陪我失眠，讲段子，看雾，听世纪末的轰鸣，唱陈奕迅的歌，拉我早晨7点起来练瑜伽，开心时喝酒浪荡、难过时喝茶养生，告诉我说话要大声、唱歌要大声，一起停留，一起努力，最终让我成为了现在的自己，傻瓜才想跟你做朋友呢。

　　希望你眼中的我，也是这样的，朋友！

from_　　"你敢捏我一下试试？！"的<u>软柿子</u>

听

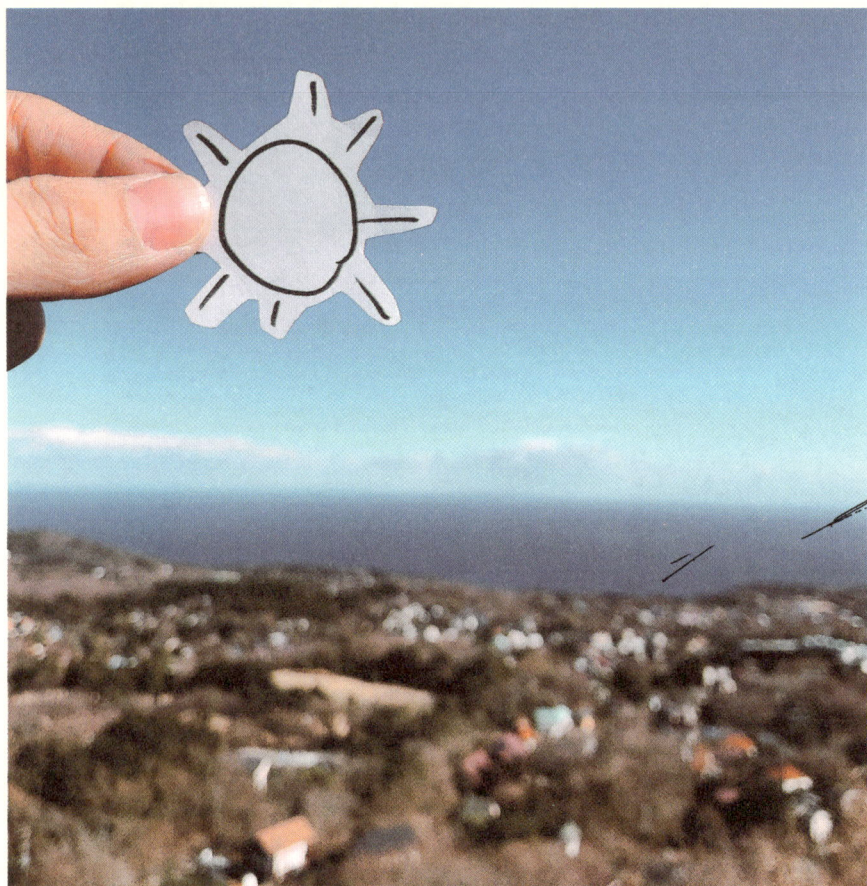

July

11th

article_#015

　　如果要给人类史上最胆小的人颁奖，那你绝对实至名归。幼儿园里十个馄饨被别人抢了一半，你宁可饿着肚子也不说；上小学被同学用水笔画满一脸，你回去骗家人，说是大冒险的惩罚。再大一点被高年级的同学讹钱，你安慰自己，破财消灾。小小年纪，你懂什么是灾吗？大学争奖学金名额，眼睁睁看着比你不行的人走了后门，你把世界拱手相让，甘愿在这样的不公平里做个幕后的当事人。

你从小到大都是这样，永远合理化自己所有的遭遇，不只是因为畏惧，我太了解你了，你就是懒，懒得争取，懒得对这个世界说"不"。

你不是那种美得特别明显的女生，反射弧永远比别人慢一个季节，现在还在穿早已不流行的森女服，留着毫无层次可言的妹妹头，妆容简单，十年如一日的老三样，粉底眉笔和腮红。你要知道可以涂在嘴巴上的不仅只有曼秀雷敦，还有小红管、"斩男色"。好在你底子好，气质无公害，适合草食男。

毕业后，你在一家文化公司做文案，一做就是七年，薪水微薄，没有野心，唯一的向往，就是生活有伴，在合适的年纪结婚生育。翻开你平庸的爱情履历，交过两个男朋友，一个比你还素，一个吃饭吧唧嘴。当然我承认，过去对你抱有想象，后来发现，这个世界上的大部分女生，都是你这样的。

找个差不多的工作受着，到个差不多的体重再减，遇个差不多的人爱上，过个差不多的一生就够。但我不想跟你们一样，这个世界欺负我，可以；欺负你，请不要连累我。

你的部门经理是一个留着长发的男人，说话歪嘴，鼻头总挂着油，时不时推一下黑框眼镜。结婚五年，儿女双全，但中年油腻，爱贪小便宜，储着糖衣炮弹，会把你们的方案填上自己的名字向老板邀功，逢年过节发的食用油和抽纸，他都会派人多运两箱回家。

那天，经理带着你们部门庆功，猛灌自己五瓶喜力，唱了没几首歌就醉了。到了后半夜大家如鸟兽散，只有你被他拉着，讲了很多掏心窝子的话，他把手搭在你肩上，一边灌职场鸡汤，一边撩拨你的头发。你极度不愿意，想反抗，他用身子把你压在沙发背上，眼神迷离，满嘴腥臭，说，你帮帮我吧。

说着把手伸进你的衣服抚摸你的胸。

你用了最大的力气推开他，冲出包间就吐了，你捂着胸口上了出租车，在车上哭成泪人，司机大哥问你怎么了，你止不住抽泣，没事，工作失意。

你知道自己遭受了多么巨大的屈辱，却仍然习惯合理化这一切，你告诉自己，领导喝醉了，等明天上班，一切就能恢复正常。第二天，他面不改色地来到办公室，看似风平浪静，你却收到他发来的信息，你的内裤是什么颜色的。

你当即请了病假，一路看起来平静，等车的时候买了杯美式，在车上戴上耳机听歌，到家第一件事是洗澡，你用力搓自己的胸，抱着身子蹲在淋浴房里默不作声，眼泪不流，也不会歇斯底里。你其实崩溃到极致，还在犹豫要不要把真相悉数道来。

我在旁边看着都心疼。你知道吗，男人只有在一种情况下，才有伤害你的权利，就是你爱他，否则都是滥用职权的耍流氓。"把你当妹妹""我是为你好"这种鬼话听听就得了，工作可以再换，伤害烙下就是印子。维基百科都解释了，只要带有性暗示的言语或动作，引发你的不悦感，就可称为性骚扰。

有多少女性在职场中收到过不雅的信息，被语言挑衅，身体被不同程度地侵犯。拥挤的地铁、公交车上，多少人被身后的变态侮辱过，但除了瞪他，更多人选择默默离开。

怕什么呢？你明明很想吃完所有的馄饨，为什么不抢回来，那些水笔画在脸上真的很疼，为什么不喊出来，你就不能在被打得鼻青脸肿前，对那些人说一句，那是我的钱吗。成人世界的规则，解释是多余，沉默才是回答，没有情绪才能全身而退。但这不代表要对所有恶意心软。你误以为伤害让你成长，还用过来人的身份感谢那些痛苦，是他们让你成为更好的自己。你错了，支撑你走到今天的，是在乎你的人，在乎你的温饱，情感落脚，在乎你会不会受伤，少一根头发丝都不行。你对他们不公平。

　　承认自己所受的伤害，并且为之寻找解决办法，是对自我的忠诚。

　　想象有一天，你战战兢兢地上班，挂着笑容粉饰太平，在消防楼梯间，看见哭得伤心的同事。你问她怎么了，她三缄其口，但只要你亮出伤疤，她一定会抱住你，泣不成声道：我也受过同样的恶意。

　　因为迫不得已的纵容，才让淫欲有恃无恐，你或许无法惩罚坏人，但你可以让世人分辨他们。好人往往心软，遇事容易挣扎，他们被社会的阴暗面裹挟，不得已向各种潜规则低头。但在人性和良知面前，他们会不顾壁垒森严的金钱权势，勇敢地站在对立面，坚持他们认为对的东西，那是初心。小时候我们果敢，不顾一切，成长让我们平和，过分理性，一路走，一路失去，我们可以失去很多东西，但有两种东西到死都要守着，一个是善良，一个是勇气。

　　这二十多年来，在选择反击还是逃避的时候，你放弃了我，在明明往前一步就能更好的时候，你放弃了我，但在受到侮辱的时候，请你别放弃我。因为每个女孩，都必须带着无畏与坚强，才值得被这个世界用心对待，她们是小王子守候的玫瑰，是续写《钗头凤》的唐婉，是冰河世纪里那一枚傲娇的坚果。好姑娘，不可辜负，但别先负了自己。

　　不说改变世界这样的大话了，愿今日种种，是过去与未来的分界，一边是怯，一边是勇，谁欺负你，我们用力还他一个耳光。

from_　第二人格　的<u>你</u>

很多人很多事
不想再去解释
不是我变成熟了
是他们不再重要了

August

4th

article_#016

你好哇，134340。

认识你这么久，还没看过你这么颓丧的样子呢。我们相识有多久，我已经算不清了，大概某一天一睁眼，伴着盛世的烟火，就看见不远处，发着光的你。

我听到自己的心，咯噔了一下。我慌得按住胸口，心有余悸，以为自己病了。后来每天转啊转的，面对你这张好看的脸，心就会奇妙地打嗝，我想，这应该是所有矮行星的通病吧。

你是我唯一的朋友。曾经我总是因为身体冰冷而没来由地自卑，个子小，不善言辞，生怕说错话，索性就保持安静，因此其他卫星都热衷于给我起外号，用白眼瞧我，没人愿意靠近我。是你闯到我的世界里，抖落身上热腾腾的汗珠，露出光滑的皮肤，你说离太阳太近就会有这样的苦恼。你嫌其他卫星都太聒噪，只有我跟他们不一样，于是主动找我一起吃饭，陪我玩猜谜，教我吹口哨，还会送给我好看的衣服，给我染了一个黑棕色的头发。那时你还是行星家族的一员，在我眼里就是偶像，我们离得很近，四周深紫色的光晕把我们的脸照亮，我用余光看你，这应该就是青春最好的样子了吧。你"喂"了我一下，说：你是我的卫星，就叫你冥卫一吧。你真的好霸道，这跟冠夫姓有什么两样，我生气道，我是有名字的，我叫卡戎。

你是我唯一的朋友。我总会打电话给你，其实也没什么重要的事，就想问问你在干什么。我们最长的一次电话打了两个小时，因为你睡着了，我就听着你的呼吸声入眠。要知道我每次都会认真策划我们的聊天，但你每次都不懂我的梗。我会注意你那边的天气，你稍有点咳嗽就担心到不行。你特别爱自拍，但我挺不喜欢跟你一起拍照的，可能因为你太耀眼，就显得我好看得不明显。还有，我最近特别爱听抒情歌，以前摘抄的歌词，突然都能听懂了，我变了好多，比如我不明白，当我看见天空有粒子划过，为什么会想第一时间就告诉你。

不过还是特别想谢谢你，我终于快乐了，当接受了自己的普通与特别，就可以不用再假装无所谓，冷静，拼命克制。我所有情绪都可以瞬间倾泻而出，该哭该笑，爱憎分明。

你是我唯一的朋友，我以为我们会是一辈子的朋友。

直到前几天，国际天文学联合会将你驱逐出行星家族，说你是太阳系的"矮行星"，你失去了原来的名字，定义为小行星，序列号是134340。

我无法跟你通讯，你隐去脸上的表情，陷入黑暗，我不敢想，你到底有多么悲伤。我用尽力气喊你的名字，喊到第32遍的时候，你冲我嘶吼一声："别叫了，那已经不是我的名字了。"我自信地认为自己是你最好的朋友，所以才妄想能跟你分担痛苦。结果那天，你突然发起幽暗的光，咬牙切齿地跟我说，自己是因为要在行星家族里争取分数，才迫不得已跟我这种人做朋友的。

我是哪种人？

我这种人一直都知道，你身上的汗是假的，那些冰冻氮和甲烷，让你的皮肤表面全是冰层，你原本就是一颗冰水和岩石组成的星球，你的直径2375千米，是月球直径的三分之二，木卫二的四分之三，你是九大行星里最小的那颗，太阳远在离我们59亿千米的地方。你在冰冷漆黑的太空中旋转，我这种人比任何人都清楚，你太孤独了。

　　我们本就是太阳系内的一对双行星，现在我们都是矮行星了，再也没有谁是谁的卫星一说，我们是一样的。你不能伤害我，因为我不想为你哭，哭了，就代表你真的伤到我了，你可以失去一切，但你还有我；如果我失去你，我就一无所有了。

　　过去的漫漫长日，我绕着你公转自转，我们始终把自己最好的一面朝向对方，即便你是别有用心，但我也感谢你选中我，让我认清了自己，难道现在就不能信任我也可以将你带出泥沼吗？这个世界上，那些所谓的名利、金钱、规则、感情，不过是那些自以为是的圣人粉饰的白纸，再漂亮还是一张纸，撕一撕就破，揉一揉字就看不清了。他们在意或者不在意你，都距离千里之外，隔山隔海看你，最终你还是要靠自己，过属于你的生活。没有任何人能定义你，只有你能决定自己爱谁，恨谁；爱多久，恨多长；冷暖自知，向死而生。

我每天都在观察你，在太阳系的边缘兀自旋转，微弱地反射着来自太阳的光，像个孩子似的，铆足了劲头，照亮宇宙的一个角落。说实话，我很羡慕你，谁不想去那个快意恩仇的江湖看看。但江湖太远，我不去了，我比较喜欢陪你吃饭，跟你说晚安。

请你做个坚强的人，像世界教你的一样，做个有勇气的人，就像你最初一样。

你知道吗，在希腊神话里，宙斯的哥哥哈得斯，是四大创世神之一。他被弟弟夺取王位后，听取普罗米修斯的提议，抽签到了冥界，统治黑暗冰冷的地狱，成为冥王，而卡戎则是哈得斯的船夫，冥河的摆渡人。

有时候，一个人善意的动念或者微不足道的一句话，就可以改变另一个人，但所有人都专注于自己得到了什么，吝啬给予，抱着所有善意不松手，所以他们一辈子都得不到自己想要的。我们存在，就会面临一万次的孤单，一万次的冷眼，一万次的恶意，一万次摔倒，再一万次遍体鳞伤地爬起来，没关系，宇宙浩渺，你并不孤单，总有人偷偷爱着你。

from_   你唯一 的摆渡人卡戎

听

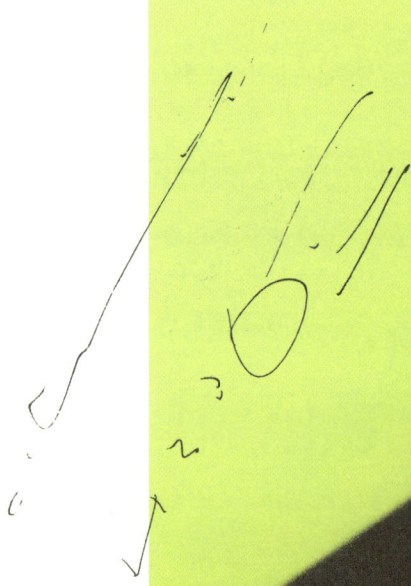

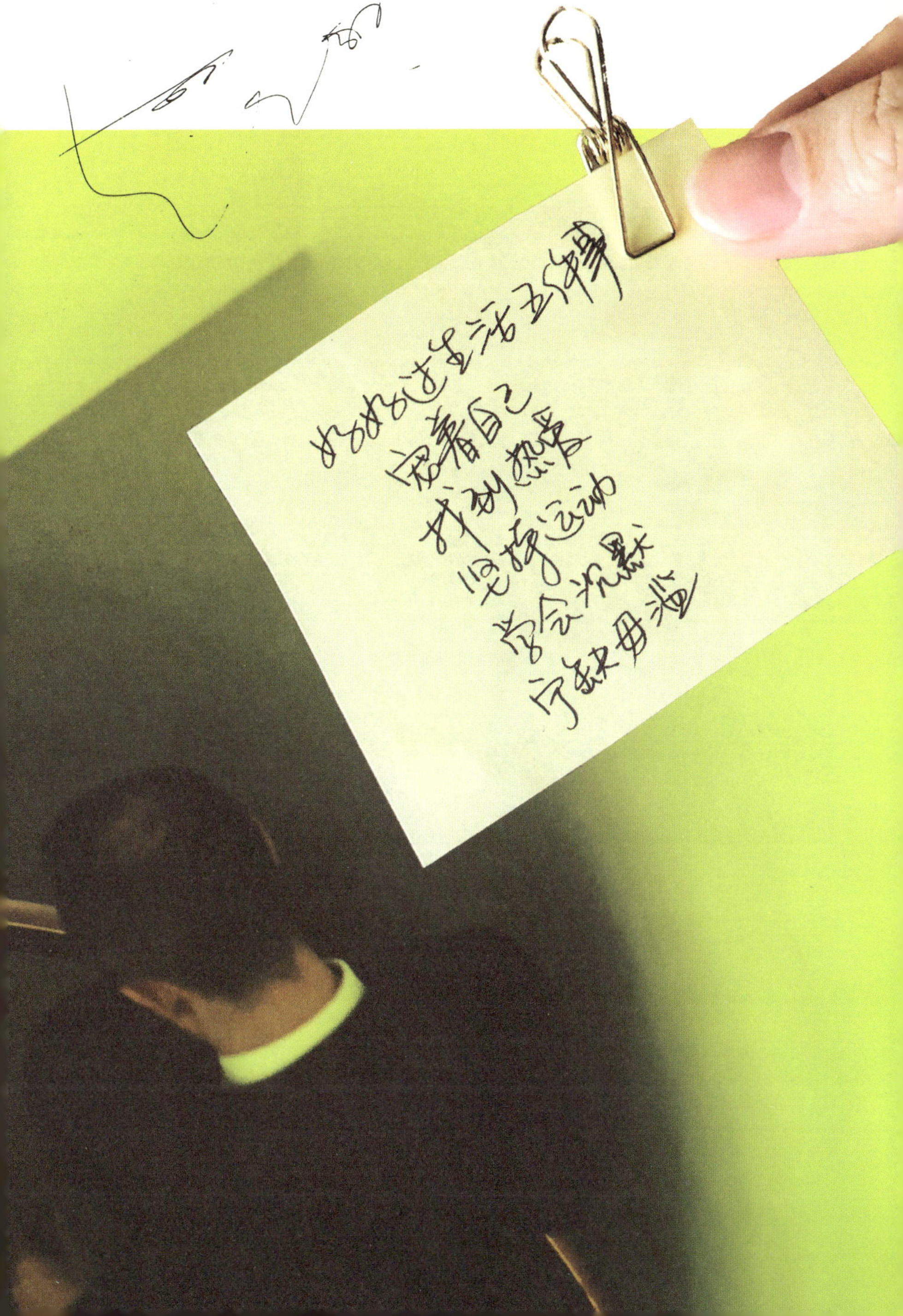
好好过生活五件事
宠着自己
找到热爱
坚持运动
学会沉默
宁缺毋滥

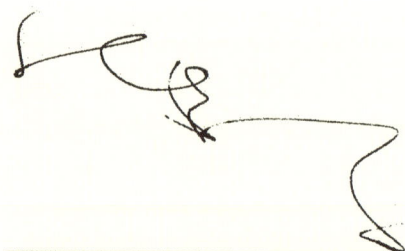

November

10th

article_#017

　　各位旅客你们好，我是本次航班的机长，你们可以叫我
Ken。我们现在的巡航高度是 10760 米，预计到达巴黎戴高
乐机场的时间是晚上八点零五分。本次飞行中，如果您有任
何需求，请与我们的客舱乘务员联系。但在这期间，希望耽
误各位一点时间，听完接下来这段冗长的机长广播。

　　我小的时候就对飞行员有无限的憧憬和热爱，专属的制
服，精密的驾驶室，还有腾云驾雾的超级视野。身后超过百

人的旅行安全都与我有关，每次起降都被赋予使命。结果等
自己真的当上了飞行员，除了这样日复一日的起飞降落，就
只剩我妈每次见到我——儿子，把你制服穿上跟你叔叔阿姨
四舅奶奶合张影——的困扰。

　　但偶尔也有例外，比如第一次跟她相遇。她的iPad落
在飞机上，不知道从哪找到的关系直接联系到了我们机组人
员，听她说，是在五个号码里顺眼缘按了一个，信号就正巧
选择了我的，落地后连收到她五通来电、十条短信。为了方
便联系我们加了微信，我对天发誓当时真的只是一腔热情帮
乘客找失物，没有其他意图，毕竟连她的照片都没见过，我
不是那么主动的人。最后那台iPad还是丢了，但她看到我
的朋友圈，知道了我的身份，这仿佛开启了她新世界的大门，
她抛来一堆问题，说她从没认识过活的飞行员，问我飞行员
家属坐飞机能不能打五折，开飞机的时候能不能上厕所，是
不是"人肉GPS"以及飞机有没有倒挡。我被问傻了，非常
严肃地回复她，飞行员是在天上飞的，地上该迷路也得迷；
飞行员也在地上走，碰上喜欢的女孩子也会害羞，被坏人伤
害了也会哭，脱掉制服放进人堆里就不打眼了，你只是崇拜
那件制服而已。我不过就只是个在固定岗位，做固定工作，
比你们见过的工作流程稍微复杂一点，专业技能稍微严谨一

点的普通人。

　　那一大段信息发过去后，她隔了十分钟，只回复了我一个字：哦。

　　我对她这样的态度很是失望，就这样一来二去互动到了半夜，直到她问我，普通人，那你会谈恋爱吗。她又问，你要不要试试？还连着发来一家餐厅链接。我正羞于该怎么回她的时候，她补充道："你别误会，我是问你要不要试试这家餐厅。"我们认识第三天的时候，一起吃了饭，泰国菜，她非要抢着买单，说是要留下收银条做纪念。第十天的时候，我们确定了恋爱关系。

　　我其实是个没有生活的人，如果要问除了开飞机，还有什么特长，大概就是不挑床，哪里都能睡。前一晚准备飞行任务，看航图、准备各种特情的处理、看飞机的保留故障。第二天提前两小时进场，等所有程序走完，就等第一波新的客人登机，开始一天的飞行。如此循环往复。

　　她不一样，她仿若来自另一个星球，天真、乖张，身上有用不完的精力。她有很厉害的撩汉技巧，在认识我之前，她是属于世界的；认识我之后，突然就很爱回家。每个有飞行员男朋友的女孩儿，手机里一定会有一个叫Flightradar24的软件，可以模拟驾驶员飞行，时刻关注航班信息。她变成了半个飞友，看雷达，看塔台管制，是波音还是空客，有时会突然从梦中惊醒，看看我到哪了，有没有遇上流控、雷暴，直到我推出起飞，起落安妥。

　　刚开始的时候她还觉得新鲜，不避讳地秀恩爱，穿我的制服拍照，衬衫帽子领带全部到位，自娱自乐。后来开始对一切跟飞机有关的新闻过度敏感，碰上一些飞行事故就担心。这是病，得治。从我们恋爱开始，她好像就直接从热恋过渡到老夫老妻的恋爱模式了，长时间彼此挂着心，不计较我们见面的次数。我飞的时候，她就上班、养花养草、跟朋友们回归小宇宙；我回家，就带我去最新的网红餐厅，陪我打电动，两人傻待着就特别舒服。直到那晚她病了，烧到糊涂，发来信息说我跟她的聊天记录里最多的关键词，竟然是我给她发的"起飞了""落地了"。难受有什么用，隔着千山万水又抱不了你。她其实心里比谁都在意，只是不说，被设定好了倔强模式的女孩，好像就失去了软弱的资格。

　　有次浦东机场有雷暴，半天降不下去，飞机晃得厉害，好不容易备降杭州，听到身后的机舱里全是乘客的掌声。我抹掉头上的汗，开机第一件事就是看她的信息。她果真一直关注着航图，连发了好多问询过来。我回她，开着震动模式落到隔壁机场去了。她秒回：你是要上天啊，我吓尿了。我笑了笑，说，我刚下来你就想让我上去。

这种聊天手法是她教我的，她还教过我很多事，比如我在卫生间上厕所，她可以一边捏着鼻子说臭死了，一边开始刷牙；比如我吃了一半的食物永远最好吃；比如她养了只猫，给家里添置了很多植物；我不在的时候生活还在，比如好的爱情，不会把期待放在对方身上，而是关注自己。

我曾经问过她，我没有时间陪她，她是不是特别难过。她给了我一个特别认真的表情，说道，其实"有没有时间"和"要不要陪你"完全是两件事。就像舞台上各自跳舞的两个人，明明知道只有在高潮部分才能拥抱，彼此接触那一秒，就要立刻分开，但这一秒，对他们来说就够了。

如果爱情一开始是源于一场荷尔蒙作祟的各取所需，那经过就是一次棋逢对手的互相较量，结果就是成人之美的各自成全。两个真心喜欢的人，互相填满彼此的生活，从感性的曼妙到理性的深思熟虑，共同度过平淡、现实、静待考验的每一天。

今天是我们在一起的第三年。她最喜欢的电影是《天使爱美丽》，曾说法国平民摄影大师杜瓦诺的《市政厅广场前的爱吻》是神作。她想遇见每个转角的咖啡店，因为只有在巴黎，面对街道坐着喝咖啡才显得不那么突兀。

今天她也在这架飞机上。

　　我不够豁达，所以才会保护自己，虽然飞上了上万英尺的高空，落到人间还是会被现实同化。面对她，我真的是个普通人，看过的那么多风景里，她是最美好的，所以我一直觉得她值得更好的人，但我想成为那个更好的人。

　　抱歉现在不能立刻冲到你面前，掏出这枚戒指给你，但等接下来这首歌放完，如果你觉得感觉到位，就点点头，嫁给我吧。我不能没有你，这个世界让我变成刺猬，但你教会我温柔。

　　from_　你的　空中列车司机

City of Stars 🎵

Are you shining just for me.
There's so much that I can't see
who knows?

City of stars ⭐
Just one thing everybody wants
here you never shined so brightly.

Think I want it to stay

Stay ♥

喜欢你已经
超过两分钟
无法撤回了

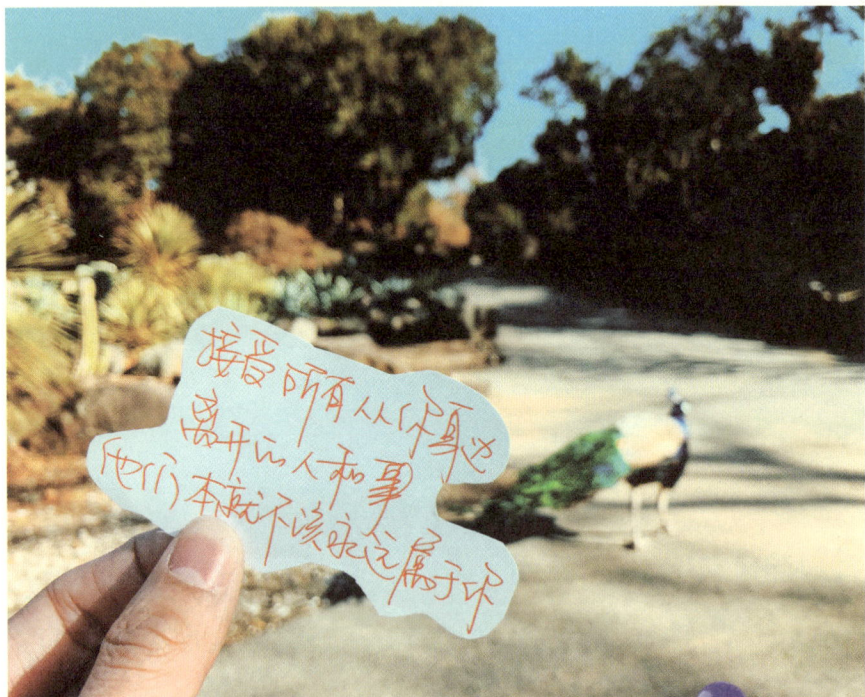

September

26th

article_#018

　　你走的那天一点预兆都没有。好歹也该风云变色、六月飞霜什么的，或者至少让我心口堵一点，仿佛有什么事要发生一样。但是，都没有。

　　从你的葬礼回来，翻着我们的QQ聊天记录伤怀，莫名就看到你的对话框上显示的"对方正在输入……"，吓个半死。

　　你发来信息，说虽然你人不在了，但已经设定好了机器人回复。

　　这个机器人强大到什么程度？知道我的外号、我的内裤尺码，知道我小时候喜欢把鼻屎蹭到桌底下，我家哪层抽

屉里有不可描述的碟片，限量运动鞋哪双是莆田山寨的，早上准点喝一杯蜂蜜水养生，然后晚上再跟兄弟伙吃一顿二十多块的麻辣梭边鱼，外加最烈的酒。对面那个长发爱穿裙子的女生是我最近的目标。我问什么它都秒回，连表情标点都是你经常用的那些，有时恍然，总觉得你没死，只是换了个活法。

毕业后我离开了我们那座小城，那几年是信息爆炸时代，现代人都流行不见面，只在线上聊得火热，你的 QQ 空间、博客停更，但这一年没少给我回踩。我们之间的互动与过去唯一的不同，就是你不会主动联系我罢了。

　　有件事没告诉你，我把你的那页同学录给填上了，特意模仿你的字迹，给我自己写了封洋洋洒洒的临别赠言——一辈子做你的小弟，爱你一万年。我真觉得我们的友情情比金坚，遗臭万年，哦，不是，反正可以永远，除非山无棱天地合。

　　刚工作那几年，我事无巨细地向你汇报，在公司碰上多少个倒胃口的甲方，以及多少个不在乎员工死活的领导，隔壁板间的男生换了多少个女朋友。我每天上班需要从最西边坐一个小时地铁到最东边，有次困得还把口水落在了一个女孩儿肩上，西边新开了一家火锅店，北边开了个很大的早餐铺，不过还是家楼下的煎饼摊子好吃。

　　直到有天开始，我问你到底要不要花两个月工资换一台"爱疯"，你问，什么是"爱疯"。我跟你说今天吃了人生中第一顿米其林，你开始用"你在说什么，我不知道"频繁回答我的时候，我傻了。你的世界里，手机只有诺基亚，N95是"机王"，最火的游戏是《梦幻西游》。你不知道大城市的灯红酒绿，上海中心大厦是亚洲最高的大楼，五星级的酒店有管家服务，手机不仅能玩线上游戏还能扫码付款。你不过只是一个自动回复的机器人，在毕业那年分道扬镳，早已经脱离了我的世界。

　　我突然很悲伤，魔怔般地难过，那年匆匆失去了你，未完成的遗憾全部在此刻补回，以前是无话不说谁都不愿意先断了话题，现在是无话可说彼此的消息没了意义。我终于明白，那年在同学录里写的爱你一万年，竟只是一眨眼，山峰的棱角还在，天地也相安无事，只是时间丢了你。

　　我是一个工作运很好的人，工作两年就混成了大区经理，在高尔夫球场上认识了几个新朋友，一个是玩极限运动的，一个是拍了网络大电影的导演，还有一个做物流生意的，跟你很像。在酒精作用下，我一度觉得你从手机里跑出来了。他也留着平头，眼睛里有水，因为小时候在家唱歌太用力，把脸唱劈了，得了颞下颌关节紊乱综合征，因此左边脸比右边稍稍歪一点。我那天抱着他哭得鼻涕一把眼泪一把的。我给你发信息，说我看到你了，你回了两个字，呵呵。你知道现在的"呵呵"已经代表嘲笑了吗。你问我，你会忘了我吗。印象中好像这是你的机器人第一次主动问问题，我想了半天说，不会。你却回复，但我可能会。

　　那一刻我真的迟疑过，只是这种疑问太过戏谑，来自现实生活的林林总总，而这种变化，你无从知晓。

　　佩索阿的一句话："在那个我们称作生活的火车上，我们都是彼此生活中的偶然事件，当离去的时候到来，我们都会感到遗憾。"这么多年，我必须要学会接受，这趟列车你已经提前离站，我生命中接下来最重要的日子你也无法参与，因为看到的世界不同，所以话题甚少，不再有相聚的意义。

你已经走了十五年了，在你没看到的日子里，我换了两家公司，现在已经创业做了自己的连锁餐厅。我在三十一岁的时候结了婚，对方是个长发的新疆姑娘，比我们在学校那会儿看到的都好看，我还有一个两岁的女儿，叫小菠萝。大学的同学会，我就去过两回，每次大家都在比谁混得更好，也没有更成熟的话题，后面也就各自散了。当时那三个打高尔夫的朋友，只有玩极限运动的偶尔还有联系，其他也就是朋友圈的点赞之交。

友情真是捉摸不透，不像爱情有迹可循，从开始到结束都有明确的节点。朋友却不似恋人那么明显，什么时候关系变得亲近，又是什么时候渐行渐远，没有决裂，没有客观事件影响，大概只是这趟列车停站太多次，给了我们太多选择和诱惑，因此闷不作声，选择想成为的那个人。所有人注定活在不同天空下，就像当初你在千万人中选择了跟我做朋友，如今把我还回千万人中，因为你觉得我值得更好的生活。

抱歉，因为最近一次换手机，资料全部清空了，我想了好久自己的QQ密码，怎么也想不起来。我已经很久没有打开你的对话框，跟你发一句：呆瓜，在干什么。但是今年春节我又回我们的学校了，新修的图书馆和教学楼特别奢华，校门外的麻辣烫换了新的装修，我们常去的音像店早已不见了踪影，但必须要说个很骄傲的事，周杰伦、林俊杰还是天王，现在每次听到他们的歌，就想起我们那些岁月。我清楚知道，列车呼啸而过，座位总会留着你的气味，有的人在生命里出现过，心里就有一份空位，不管你能不能看见这些话，但我仍然愿你永远快乐。

还记得那天，我又喝得烂醉，说，你小子究竟躲在哪里不肯见我，你气得发了好长一段话过来，大意是"你以为我未雨绸缪编辑了上万条自动回复是闲的吗"。你还说："我依然能陪你颠沛流离，可再没办法陪你聊天日常"。

不得不承认，世界真的很大，两个人分开了就很难再见。接受所有人的渐行渐远，因为我们都是独自到最后，做好要告别的准备，才有决心对待身边每一个不容易的朋友。

小时候没讲过那么婆妈的话，长大了，人的心就软了，你没见过这样的我，见不到，也挺好的。只是夜里的气氛太伤人，那时手机响起，总以为是你给的温柔。

from_ 那时的朋友

October

17th

亲爱的NASA：

我叫阿奇，我想申请宇航员的工作。虽然我今年只有十岁，但我觉得我有这个能力，因为我不属于地球。偷偷跟你们说个秘密，我身上有超能力，能听见大家心里真实的话。这个秘密我只跟两个人说过，一个是我最好的朋友Bonnie，一个是我的邻居姐姐，但她心里总有个声音，说，小屁孩胡闹呢。

这种能力是怎么实现的呢？比如一个人看着我的眼睛跟我聊天的时候，他嘴里的音量就会减弱，我耳朵听到的反而是另一段话，跟他的口型不一样，甚至有时不需要说话，我只要看着他，就能听见他的心声。比如我的同学说，他没有温书，今天的自然课测验肯定完蛋；但我听到的却是，我把昆虫章节全都背下来了，哈哈傻瓜。

我个子不高，但体育成绩好，不过眼睛有点小，脸上都是雀斑，跟电视里那些帅气的宇航员比，差了一点点，但是大人们都常夸我帅，喜欢围着我送上最好吃的糖果。但我总能听到他们的心里话，因为我跟其他人不一样，所以要表现得很同情这个世界一样。

大人总是习惯撒谎。

邻居姐姐有一个满身肌肉的男朋友，就像《勇敢者游戏》里的斯莫德·勇石博士。他们经常来我家吃饭，姐姐生日的时候，勇石博士送给她一个小礼盒，我看见姐姐的眼睛里有星星。她慢慢拆开，里面装的是十张比萨餐厅的代金券，那些星星立刻就消失了。姐姐用力拍着勇石博士的手臂，跟我们说，好贴心的礼物。但我听到的真相是，买枚戒指跟我求婚会死吗？谁爱吃比萨找谁去吧，出门左转，打车走。

姐姐很喜欢勇石博士，博士也很爱她。但姐姐总是不说实话，让博士去猜，明明在乎很多事，却总是假装不在乎。天知道，为什么大人到了这个年纪还爱玩猜谜游戏，两个人互相喜欢，本身就已经犯规了，为什么不直接说出答案呢。

我一定会承认，我有点喜欢Bonnie，因为她说很多词语的时候，舌头会有长长的卷音，其他同学都笑话她，但我觉得这很特别，还有，她头发上的玫瑰发夹也特别可爱。

除了超能力之外，我还看过所有的太空电影，我喜欢

《星球大战》和《银河系漫游指南》，我有义务保护宇宙间的和平，避免银河共和国和独立星系邦联再一次太空大战。我很认真地在向你们诉说，希望你们不要把我当小孩子看，以为我在胡闹。我已经是十岁的男子汉了，因为尤达说了，要么做，要么不做，没有试试看。

妈妈总拿我当小孩子看。自从穿着白衣服的怪叔叔说我脑袋里的东西跟别人长得不一样之后，她就对我格外照顾，从小就是。小时候每天会去一间消毒水味道很臭的医院里做运动，大概就是踩在机器上，被人来回动着手脚和脑袋，我其实不喜欢别人这样碰我，感觉自己像个玩具木偶。我终于会说话的那天，她哭了，我听到她心里的声音说，谢谢老天保佑，我们阿奇只是发育慢，不是智障。

我的妈妈是全世界最好的妈妈，但是我很心疼她。她带我去菜市场，总是在同样颜色的蔬菜前纠结很久，最后选了便宜的那种。后来吃坏了大家的肚子，她哭了一个晚上。我出生之后，妈妈没有选择继续当律师，全心照顾这个家，只是爸爸遭了殃，因为她总是爱跟爸爸理论。她的口头禅是"按道理"，有次她跟喝醉的爸爸吵架，他们互相看着对方，像在看一个仇人，妈妈心里的话冲出来，她说："按道理我不需要失去我的工作，当全职太太，还弄成现在这样狼狈的样子。"

妈妈始终是女孩子，坚持了那么久，应该也有脆弱的时候吧。我的出现，让她的快乐与难过一半一半。我吃完了一大碗蔬菜饭，她就很快乐；白衣服的叔叔说进展缓慢，她就很难过。我在想，大人们为什么总是做退而求其次的选择，再学会后悔，如果我在橱窗看到BB-8机器人，我又有足够的钱，我要么买，要么不买，不会委屈自己买他旁边的巴斯光年。

我曾经做过一场梦，梦里驾驶着用"阿奇"命名的飞行器，在远离地球好几光年的地方，正飞向一个紫色的行星，半路能量采集堆被陨石打破，我终于穿上我白色的宇航服，跳进了黑的宇宙里。

我真的觉得我飘浮起来了。

第一次有这种飘浮感是遇见Bonnie，那是开学第一天，老师让我们每个人上台自我介绍，还要把名字写在黑板上。我只会用左手写字，而且写得非常慢，因为着急了字就会歪歪扭扭。名字没写完，就听到台下的笑声，心里话全部冲进我耳朵里：哈哈哈他还不会写字啊。放下粉笔，我埋下头，背对着大家说，我叫阿奇。场下又笑，我可能是想小便，就跑下台回到自己位子上了。

这不怪我，男子汉想小便的时候，就会紧张。

下课的时候，很多同学围着我，他们没说话，但我也听见了"智障""他是傻子"，这其中说得最大声的，是一个光头男生。我盯着他很久，声音老是不肯走，我受不了了，朝他大声说，我不是傻子，我只是懒得跟你们说话。

他愣了一下，然后踢我的课桌向我示威，旁边的同学也开始学他，踢我凳子，小孩子的把戏真的就是这样。在我快晃到地上的时候，Bonnie从人群里挤出来，转身把我挡在身后，这时耳朵里的"傻子"变成了"傻子和大舌头"，像是《银河护卫队》里火箭浣熊和格鲁特这样的组合吧。Bonnie回过头，看向我的眼睛，我清楚听到她心里的声音，她说，不要怕。

我不会怕，这是宇航员要具备的基本心理素质。

她把我从座位上拉起来，带我跑到外面的庭院。我们并排坐在树下，也是那天，我跟她说了这个秘密，她瞪大眼睛，我知道她会不信，就让她心里想一个现在最想吃的食物，但不要说出来。她好认真地闭上眼，我听到了，对她说，提拉米苏吃多了会长胖。她睁开眼，嘴巴张开就合不上了，我们又从最喜欢的动画片、最喜欢的电影、长大的梦想开始测试，全部都正确了。Bonnie摸了摸头上的玫瑰发夹，伸出小拇指小声说，我知道了你的秘密，所以我必须成为你的朋友。

我笑得快飘起来了，跟她拉钩。

她是我最好的朋友，也是我唯一的朋友，只有我们俩坐在一起吃饭，只有我们一起看电影、打电动，我们什么秘密都可以分享。我不能像地球上的大人，总把最好的一面留给陌生人，却对亲近的人发脾气，就仗着他们不会离开。

大人还有很多奇怪的东西。人多的时候好快乐，一个人反而爱哭，心里面不喜欢的人，但仍然愿意碰上对方的酒杯，说未来好好合作。他们不直接说"我没时间"，却总说"改天""等有时间"。他们晚上不睡觉，白天睡到很晚。他们在公交车站，心里会说，我一定要挤上去；看到路边的乞丐叔叔，心里会说，这是假的吧；看到有人取得成功，心里会说，还不是运气好。他们不太喜欢为这个世界鼓掌，可能是抬起手比较费力，因为他们不太爱运动，心里却总喊着减肥。

亲爱的NASA，我是阿奇，我来自地球，可我却不属于地球，我觉得我有更伟大的使命，希望你们可以考虑我的申请。上面说过，我写字写得很慢，所以这封信我写了很久很久，但是我还年轻，有足够的时间写完，而且我偷听过银河说的话，他说，宇宙在等我。

from_　宇宙先锋阿奇

$1-00
15404

BUSINESS
Boarding Pass

NAME OF PASSENGER
WORLD TRAVELLER
FROM
TO

聚散有时
来日可期

Thank you for traveling with us. Please enjoy your trip.

M 1069
OUT
IN
FOR CONDITIONS SEE BACK
JOURNEY TICKET

ROAD SERVICE
SINGLE
Return Tickets are only
available for the Return
Journey in the opposite
direction to which issued.

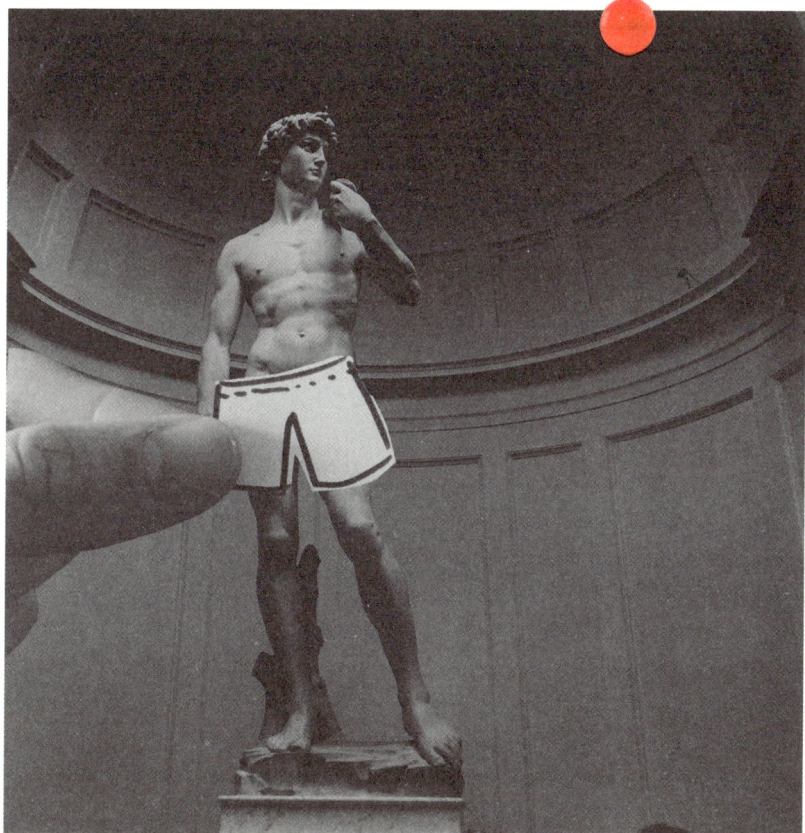

December

20th

article_#020

　　先生们，女士们，这里是记忆清除系统的最新通知，我们将在七个小时后结束所有服务，届时您将无法访问我们的系统，近日已经登记缴费的客人，我们将会在二十四小时内将您的费用退回您的支付渠道，并同时销毁您全部的个人档案。给您造成的不便，我们深表遗憾。记忆清除系统是植入人脑神经的外力装置，陪伴您已有四十年之久，我们出生之初，旨在帮助所有受伤的善男信女忘记痛苦，相信爱情。根据我们的档案记录，已经有超过百万对情侣或者夫妻接受过我们的服务，感谢您的信任之余，我们这次做出停止服务的决定，的确是经过深思熟虑。

四十年前，我们第一对客人是一对大学毕业的情侣，男士是学画画的，每天对着裸体模特，因此性别意识比较模糊，他觉得男女的身体构造就是用来给艺术供给物料的，无法想象那些男欢女爱的事情，直到遇见那位女士。他发现，原来牵手时手心会出汗，亲吻时身子会过电，不穿衣服抱在一起，头上就有粉红泡泡跑出来。女士是个非常自律的人，毕业想成为优秀的英语翻译师，于是日常就是背单词，看原文演讲。他喜欢她的独立，成熟，恰到好处的女人味；她喜欢他的才华，干净，对世间万物的善良。毕业时，女士想让男士跟她一起找工作，但男士决定考研留校，她不理解，气话上头，对男士说，你除了画画、做手工，每天像个女人一样扎染刺绣，还能做什么。他们吵得不可开交，直到彼此的信任与爱彻底瓦解，说出了那些不动听的话。他们二位找到我们的时候，态度决绝，迫不及待要把对方驱逐出自己的世界，好去投奔新的生活。

年轻人普遍冲动，像他们这样的客人还有很多，再接下来，就是过了而立之年的夫妻。这个年纪的客人会更理智，他们以前误以为时间微不足道，现在发现时间与金钱、权力、一个人爱你的程度相匹配。争分夺秒，及时止损，是他们需要的。

我们实施记忆清除时，AI智能助手会给出三次语音提示，每次提示间隙，有两个按键供客人选择，一个是暂停键，往往在这个时候他们会说出很多真心话；还有一个是停止键，但凡男女双方有一人按下，清除手术就会立刻停止。我们在这三次语音提示间隙里，见证了许多客人的故事，他们在手术台上痛哭，拥抱，或是更激烈地争吵，有人选择结束，再试一试，有人说什么也不要回到过去了。

有一对三十多岁的夫妻，在第二次语音提示后，女士讲起他们的相识。深夜，公司楼下的麦当劳，女士刚买好的冰淇淋被男士撞到地上，两人因此坐在一张桌上，开始彻夜聊天，最后男士用鸡翅骨头，拼出了女士的头像。女士当时是跨国企业的销售，天雷勾动地火，他们在认识三个月后闪婚，正式开始了同居生活。男士知道她爱逛博物馆，于是背着她把家里的软装全换成石灰色，买颜料、油漆回来亲自动手装饰餐桌沙发。女士出差到家崩溃了，笑意全变成怒气。男士很奇怪，还不是因为你喜欢吗。女士说，不是气这些东西，而是气你这个人做事情能不能稳重一点，事先跟我讨论一下，不要那么艺术家性格。

而这，只是吵架的前奏。

两人都觉得对方不可理喻，越聊越激烈，第三次语音提示后，毫不犹疑地闭上眼，接受记忆清洗。

人体对记忆清除的感觉，有点像睡了太久的午休，起床后特别累，身子都瘫软了，思绪一度有些浑浊。而出现这种感觉，就代表已经忘掉了所有不愉快的回忆。

在我们系统的记录里，手术期间犹豫得最久的，是一对四十多岁的夫妇，他们刚进来的时候，男士穿着得体的休闲西服，手拿着灰色圆檐帽，女士妆容精致，拎着搭扣皮包雷厉风行地走在前面。很多时候，越是在意生活的人越不容易放下，过去那些深浅的照面，掷地有声的话，就像各色徽章一枚枚别在心上。第三次语音提示后，女士眼角浸着泪，问他，你到底有没有爱过我。旁边的男士笑了笑，爱过，又怎样，还不是错过。

他们是彼此笑着接受记忆清洗的。手术后的客人会陷入三个小时左右的深度睡眠，在此之间，我们会把他们分开送入不同的休息区，等到他们睁眼，把自己还到人海之中，就成为了再无关系的陌生人。

昨天我们服务的最后一位客人，是独自前来的老太太，说她的老头子患上阿尔茨海默症，已经忘记她了，她非常痛苦，老伴总把她错认成对床的阿姨、护士，甚至是死去的朋友，但就是记不起她。最难过的不是爱人先走一步，而是他明明在身边，却跟自己再无关系。只是头发白了点，皱纹多了点，眼睛还是那双眼睛，唇是吻过很多次的唇，他的声音还是动听，手指依然修长，一切都一样，但一切都不再有意义。老人不断地问我们，当初跟他相识相爱，再相伴到老，这一生恍然，究竟是不是对的选择。

我们的系统规定，不允许带任何私人感情帮助客人做选择，也并不提供感情指导，我们只管清除记忆。三次语音提示完毕，老人闭上眼，满脸的纹路都在颤，此时，AI智能助手突然说了一句话，在爱与正确面前，选择爱，因为爱等于本能、无畏和善良。

机器比我们勇敢。

那句话后，老人奋力拔掉脖子后的线路，从手术台上爬起来，像是醉后突然清醒，她捂着脑袋，重复叫着老伴的名字。冷静后，她流着泪，安慰自己道，还好还好，还记得你的名字。

结束本系统，是因为我们发现了一个重要的bug，就是人的记忆会消失，但爱一个人的能力永远都在，而爱情总是有习惯的，高矮胖瘦，长发还是短发，那天他是不是穿了你喜欢的衬衫，你手里的铅笔是不是正画着心里的风景。动心的瞬间，总是如出一辙。一开始就注定要发生的事，再多旁枝末节也会发生，注定要相爱的两个人，相隔千山万水也会爱上。

我们刚刚说的故事，来自同一对夫妻。

记忆其实不重要，好与坏都无法改变接下来的人生，只有身边的那个人，才会陪你到最后，与你一起看尽风雨，走到时间的尽头。

谢谢各位的陪伴，您好，再见。

from_   记忆不需要<u>清除</u> 的<u>系统</u>

听

后记
SOME EXTRA THINGS

P006
图片拍摄地是电影
《志明与春娇》的取景地

P008-P009
香港老楼砺德邨
我跟我妈爬了26层楼
才拍下这张照片

P19
纽约百老汇经典剧目
《歌剧魅影》
我因为时差睡了大半场……

P20
这不是罗马斗兽场
这是澳门的渔人码头

P27
当时巴黎迎来了第一场雪
我坐在花神咖啡馆内
拍下了这张照片

P68
第一次一个人去首尔
我在这家COCO咖啡店构思了这本书
《后来时间都与你有关》的大部分故事大纲

P89

在荷兰的梵高博物馆
一群小朋友听老师讲故事，深有感触
愿我们的小朋友也能爱上
中国自己的艺术与文化

P93

为了清晰鲸鱼潜水，
伙伴们在旁边给我酒水。
感恩路上的伴们

P111-113  这是阿干曼谷的豪理发店。

P115  这张照片是我背高在地上拍的

P136-137

P145

第一次去奈良与第二次去奈良
小鹿更多了...

这是巴黎卢浮宫
我最爱的雕像。

感谢朋友们贡献故事素材、万能的
社交平台、有意思的新闻、路上看见
的每个人，帮我完成了这20封信。
这个世界，故事真真假假，但感情不会骗人。

在这个流行告别的世界里，庭有人为你停留。

顺颂

时祺

from 张明明

听你的

产品经理｜慢　慢　　责任印制｜路军飞

营销推广｜冯佚如　　技术编辑｜陈　杰

　　　　　温选良　　产品总监｜于　桐

　　　　　　　　　　出 品 人｜路金波

图书在版编目（CIP）数据

听你的 / 张皓宸著. —— 天津：天津人民出版社，
2018.5（2020.4重印）
　ISBN 978-7-201-13090-3

　Ⅰ.①听… Ⅱ.①张… Ⅲ.①故事—作品集—中国—
当代 Ⅳ.①I247.81

中国版本图书馆CIP数据核字(2018)第051666号

听你的
TING NI DE

出　　　版	天津人民出版社	
出 版 人	刘　庆	
地　　　址	天津市和平区西康路35号康岳大厦	
邮 政 编 码	300051	
邮 购 电 话	022-23332469	
网　　　址	http://www.tjrmcbs.com	
电 子 信 箱	reader@tjrmcbs.com	

责 任 编 辑	张　璐
产 品 经 理	慢　慢
书 籍 设 计	TOPIC DESIGN

制 版 印 刷	北京盛通印刷股份有限公司	
经　　　销	新华书店	
发　　　行	果麦文化传媒股份有限公司	
开　　　本	880毫米×1230毫米　　1/32	
印　　　张	6.5	
字　　　数	210千字	
印　　　数	330,001-335,000	
版 次 印 次	2018年5月第1版　2020年4月第6次印刷	
定　　　价	49.80元	

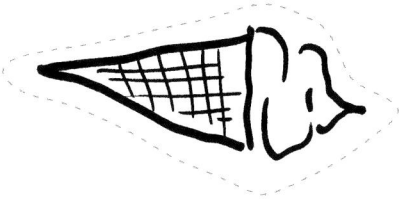

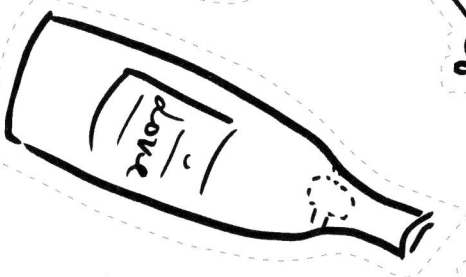

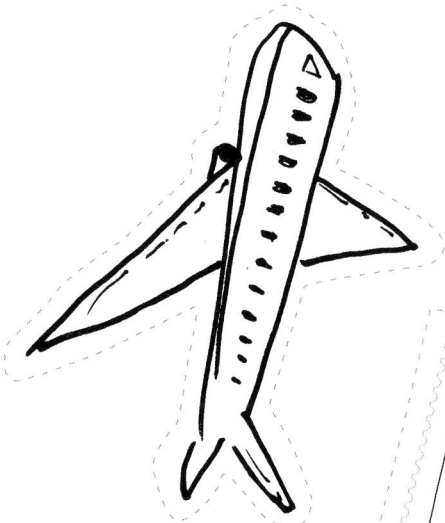

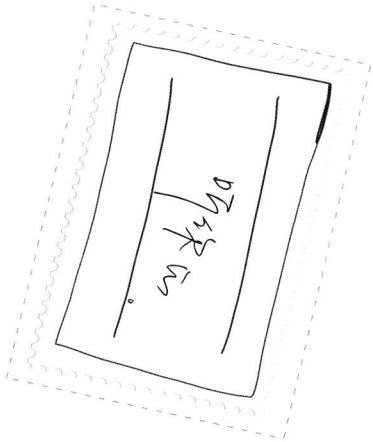

沿虚线剪下小涂鸦，拿去全世界各地拍同款照片吧。

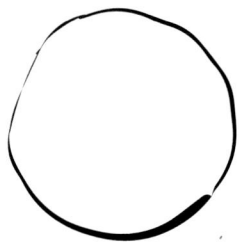

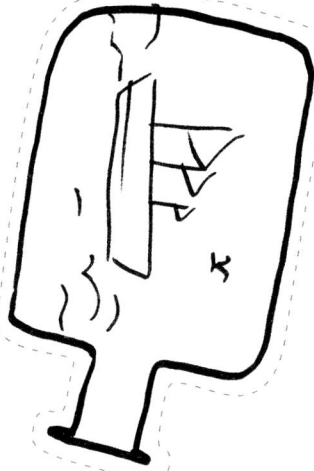

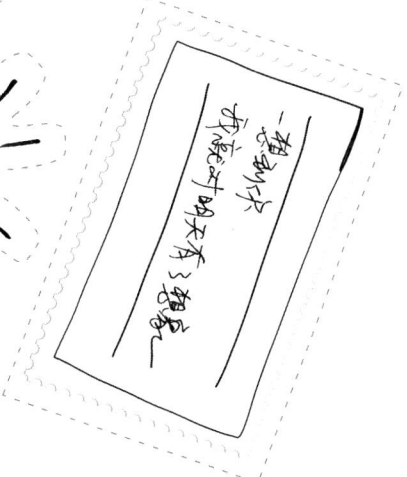

沿虚线剪下小涂鸦，拿去全全世界各地拍同款照片吧。